W0328959

EDELVIVES

ALA DELTA

Un oasis en la India

Pablo Zapata Lerga

Ilustraciones
Paloma Corral

Nota:
Comencé escribiendo un cuento fantástico,
pero mi experiencia en la Fundación Vicente Ferrer,
en la India, hizo que me inclinara más y más hasta
dejarme llevar por las figuras y la obra de Vicente
y Anna. No podía ser de otra forma. El cuento deja
de ser fantástico para hacerse realidad,
una ejemplar realidad.

A Vicente y Anna Ferrer, y a sus colaboradores:
por hacer la realidad de un sueño
en el milagro de Anantapur,
por ser una luz de esperanza,
por ser un ejemplo.

A mis alumnos de español en la Fundación Vicente Ferrer:
Manju, Marta, Maya, Nirmala, Prassy, Radha, Rama,
Ranhi, Shafi, Sireesha, Sivakumari, Syumala y Viyaya.

1

UN SEÑOR QUE VIVÍA EN LA INDIA

El abuelo George pertenecía a una familia muy distinguida de Inglaterra. En la fachada del castillo donde había nacido, resplandecían cinco escudos como cinco soles. Eran los cinco ojos por los que lo miraban sus antepasados. Como era una familia muy importante, poseía otros castillos heredados desde antiguo.

Siendo joven, George fue enviado a la India cuando aquel país era una colonia bajo dominio británico. Después de algunos años como soldado, fue ascendido a capitán, a general, y luego fue nombrado administrador jefe de la región de Bengala, en cuyos bosques viven los terribles tigres solitarios bengalíes, los más grandes del mundo. Algunos son tan grandes que parecen un caballo disfrazado de gato.

—No puede haber en todo el planeta un jardín más hermoso que este rincón en el que vivo. Es un regalo de los dioses hindúes —se decía a sí mismo el señor administrador jefe de Bengala cuando se asomaba a la terraza de su mansión y lo saludaban las lejanas nieves perpetuas de las cumbres de los Himalayas, los picos más altos de la Tierra.

Sir George fue el administrador de toda la región, se hizo comerciante y llegó a ser un hombre muy rico. Vivía en un gran palacio en las montañas, rodeado de decenas de sirvientes, de conductores de elefantes, de domadores de tigres, de mercaderes de especias, de entendidos en piedras preciosas, de músicos y bailarinas.

Safir era su sombra uniformada. Desde que *sir* George fue nombrado capitán, lo acompañó a todos los lugares adonde fue destinado. Pertenecía a la etnia de los *sherpas,* los que ascienden a las cumbres más altas, esas que rascan las tripas del cielo. Era espigado, extremadamente delgado, de rostro color aceituna y ojos profundamente negros, con grandes ojeras. Y muy elegante y educado en sus formas. Se vestía con el *dhoti,* el vestido de los hombres bengalíes, que consiste en un paño larguísimo de algodón que rodea el cuerpo y forma una especie de pantalones anchos ceñidos por la cintura. Todas las mañanas Safir se pintaba el *bindi*[1] en la frente y saludaba al general juntando las manos delante del pecho y haciendo una inclinación de cabeza.

Tantos años estuvo sirviendo al general en todo tipo de menesteres, que llegó un momento en que el lord no sabía hacer nada sin él. Safir lo despertaba, le preparaba el baño, le seleccionaba y planchaba el traje que cada

[1] ***Bindi:*** punto de color rojo que se pinta entre las dos cejas. Representa el tercer ojo, que se aviva con la meditación. Para los no creyentes es solo un adorno.

día se ponía, elegía su comida, engalanaba su carroza, ensillaba su caballo y le recordaba aquello que tenía que hacer. Era su mayordomo para todo. «¿Dónde tengo mi agenda?». «¿Qué tengo que hacer hoy?». «Dónde está aquel libro que leí, la dirección de mi amigo, el sombrero para ir a la montaña». «Dónde tengo, dónde se encuentra...». Se pasaba el día preguntando a su fiel servidor. Era la sombra de su voluntad, y confiaba más en Safir que en sí mismo.

—Señor, ese sombrero no va bien con su traje. Vestido así, parece un cantante de taberna y no un lord —le decía muy serio y en voz baja al verlo salir de casa y, aunque su señor hacía un gesto de contrariedad y alzaba la voz, se lo quitaba obediente para colocarse el que le aconsejaba su sensato y leal asistente.

Cuando, pasados los años, ya retirado, volvió a su castillo inglés, todos los domingos, a las doce en punto, *sir* George recordaba sus tiempos en tierras bengalíes cerca de Calcuta, donde los grandes ríos se dividen en mil brazos cansados de llevar tanta agua. Se quitaba su traje inglés y sus grandes zapatones marrones, se vestía con su mejor uniforme de gala de general, en el que lucían, colgadas en el pecho, todas las medallas y condecoraciones, y se colocaba en posición de firme en una punta del gran salón. Junto a él, Kalí, un tigre de Bengala de más de doscientos kilos, completamente rayado con tiras naranjas y negras, y tan largo como un caballo, esperaba majestuosamente sentado junto a su amo.

En un tocadiscos sonaba música militar.

—¡A formar! ¡Mi general, de frente! —gritaba Safir con autoridad, mientras hacía las funciones de mando.

Entonces, el viejo soldado, escoltado al paso por Kalí, desfilaba con un sable tocando su hombro, el pecho levantado y la mirada al frente, como un general que pasa revista a su tropa.

—¡Alto! ¡Izquierda! ¡Rindan armas! —le gritaba Safir justo cuando el general pasaba por delante de su propio retrato vestido de militar.

Sir George, entonces, se giraba, daba un taconazo, inclinaba la cabeza ante el hombre que lo miraba desde la pared y le presentaba armas. Kalí también lo homenajeaba doblando la pata delantera derecha.

Eran tres desfiles completos, de punta a punta del salón, ida y vuelta. Eso significaba que tenían que hacer, a mitad de camino, seis paradas con sus correspondientes inclinaciones y golpes de tacón. Al terminar, el general se dirigía a Kalí:

—En pie, joven bigotudo.

El tigre se levantaba sobre sus patas traseras, el viejo soldado sacaba de una cestita una morcilla rellena de carne de ciervo y subía la mano cuanto podía para introducírsela en la boca.

Entonces, añadía:

—*Namasté*[2], Kalí, que tengas un buen día, puedes marchar a pasear por el jardín. Safir, vamos a tomar el aperitivo.

---

[2] ***Namasté:*** saludo que en la India, Nepal y otros países significa «que estés bien, que te vaya bien, que seas bienvenido».

Esta ceremonia era un recuerdo de los tiempos vividos juntos en las extensas llanuras del Ganges, las tierras surcadas por los grandes ríos que recogen los hielos derretidos de las montañas eternamente heladas.

También había otro momento especial, un momento en el que nadie podía molestar a Safir, ni siquiera el mismísimo lord. Ya podían caer chuzos de punta, correr la casa peligro de inundación, amenazar un incendio; ni siquiera aunque temblara la tierra. Todos los días, de cuatro a seis de la mañana, Safir encendía unos palitos de incienso, hacía yoga, meditación, gimnasia y hablaba en voz alta en bengalí. Cuando se concentraba haciendo yoga, parecía que su cuerpo levitaba, es decir, que no tocaba el suelo, que se elevaba.

—¿Para qué necesitas todos los días esas dos horas? —le preguntó *sir* George cuando se enteró por primera vez de esta actividad tan madrugadora.

—Es una tradición familiar. Para nosotros supone lo mismo que comer y beber; es nuestro alimento. Al iniciar el día, esas dos horas son sagradas e imprescindibles para que funcionen bien mi mente y mi cuerpo —le respondió tan serio que nunca más el lord se lo volvió a preguntar. Siempre le respetó ese momento de intimidad.

—¿Y por qué tienes que hablar en bengalí?

—Porque es la lengua que heredé de mis padres, en la que me hablaron mis maestros, en la que leí los textos sagrados de los Vedas[3], y no puedo hacerlo en ninguna otra. Ese es mi mundo. Son mis raíces. Puedo estar en otros países, hablar otros idiomas, pero mi auténtica patria es mi lengua materna, la de mi infancia. Y no puedo tener otra. Para comunicarme con mis antepasados tengo que hacerlo en bengalí, la lengua de mis mayores, en la que todavía sueño. Además, la lengua inglesa, la lengua de ustedes, es de otra cultura y resulta insuficiente para expresar todos los matices de nuestra espiri-

---

[3] **Vedas:** colección de libros antiguos de la literatura espiritual de la India escritos en lengua sánscrita.

tualidad. No encaja, es como ir a rezar a un templo vestido de bailarina.

—Pero, Safir, ¡si tú hablas como un catedrático!

—La sabiduría del pueblo es la más inteligente, la más profunda, y no se adquiere en las universidades.

Safir únicamente se alimentaba de verduras, cereales, jugos y frutos secos. Y también de arroz.

—Safir, ¿por qué tienes que comer con los dedos? —le preguntó *sir* George la primera vez que le vio hacerlo.

—Me los he lavado dos veces con jabón antes de sentarme a comer.

—Ya, pero ¿por qué tienes que mancharte los dedos?

—Así se ha hecho siempre en mi tierra. ¿Para qué nos ha dado la naturaleza los dedos? Es la herramienta que tenemos para comer. Lo del tenedor es un invento moderno de ustedes. Con los dedos se saborea mejor la comida; comer un pollo con tenedor es como comer con guantes.

Así que de tanto meditar, de tanto oler incienso, de comer tan poco y de tanto hacer yoga Safir vino a ser un manojo de músculos fuertes y tensos como las cuerdas de una guitarra. Se doblaba como un mimbre, era muy ágil, y era tan flaco tan flaco que tenía que pasar dos veces por el mismo sitio para dar sombra. «¡Átate, que te va a llevar el viento!», le gritaba el lord cuando iban montados en Rayán, su elefante.

En la India nacieron los hijos y nietos de *sir* George, y durante esos años de estancia en aquel país viajó por sus tierras, se mezcló con sus gentes, se empapó de su atmósfera, de su colorido, de sus costumbres… pero sin dejar de ser ni de vestir como un lord inglés, con un elegante traje y unos zapatones marrones de cordones kilométricos que eran el terror del césped. Y se enamoró de modo especial del té, que bebió en grandes cantidades.

—Es lo mejor que os dieron los dioses, no hay otro igual en el mundo, y de eso entiendo algo. Debe de ser por las aguas, que bajan puras con el deshielo de las nieves de las montañas y salen por manantiales sin conocer la maldad de este mundo. No todas las aguas son iguales para hacer un buen té. ¿No te parece que estoy en lo cierto, Safir?

—Sí, mi lord.

Pasaron los años y llegó un momento en que *sir* George fue sustituido en el puesto de administrador jefe de la región de Bengala. Viéndose ya mayor, viudo y sin mando, se acordó de los castillos de su juventud, del olor a hierba mojada, de sus vivencias infantiles junto a un mar bravío, de las lluvias sobre los verdes pastos con sus vacas lecheras... y le entró tal nostalgia que decidió retornar a Inglaterra.

Y desde que volvió, ocupaba sus días viendo pasar el tiempo, contemplando sus propiedades, leyendo largas horas en su biblioteca y recordando los momentos gloriosos por la tierra de los ágiles tigres bengalíes.

2

El abuelo tuvo una nieta

El abuelo tenía una nieta que se llamaba Anna. Era como la niña de sus ojos; mejor aún, como sus dos ojos enteros.

Su pequeña Anna, aunque había estudiado Periodismo en Inglaterra, se acordaba de su infancia en tierras lejanas. Durante la cena, casi siempre hablaban de Bengala, pero un día la conversación cambió.

—Abuelo, no termino de adaptarme a la forma de vivir de este país. Todo el tiempo estoy pensando en aquellos paisajes que impregnaron mi infancia.

—No te entiendo.

—Necesito volver a la India. ¡Lo necesito!

El abuelo sintió que se le movía la tierra bajo los pies.

—¿Por qué quieres volver? Aquí vives muy bien, no entiendo por qué necesitas marcharte tan lejos.

—Abuelo, todos los días me acuerdo de aquellas tierras, de los años que allí pasamos, y no puedo tenerla tan lejos. La India es una tierra profunda, milenaria, espiritual, desorganizadamente organizada… No sé, allí transcurrió mi infancia, allí estudié Bachillerato, y allí quiero volver para trabajar de periodista. Abuelo, es que me acuerdo de los vestidos de mil tonalidades, de los campos de arroz, de las laderas de los montes con plantaciones de té, de los bosques de bambú, de los coloridos campos de flores, de sus perfumes, de la sonrisa de la gente, de su amabilidad, de mis amigas de la escuela, de aquellos días y noches de intenso calor sofocante, con aquella humedad caliente y pastosa que se podía cortar con un cuchillo…

La India, con sus miserias y contradicciones, ata tan fuerte que no se puede olvidar. Y sé que a ti te pasa lo mismo, aunque no lo quieras reconocer. Pero conmigo es distinto, yo soy india de nacimiento y en mi infancia respiré aquel ambiente. Necesito volver, aquí vivo en los recuerdos. La India es…

—… donde los ríos hablan, donde las montañas sueñan, donde los caminos lloran, donde las vacas reinan, donde las personas sonríen, donde la paz existe… como dice el poeta —recitó el abuelo.

—¿Y quién es el poeta que ha escrito esos versos?

—Yo.

—Me gusta oírte decir eso, abuelo, sé que lo sientes.

—Tienes razón. Pero si te vas, ya no te podré leer los cuentos del *Ramayana*[4], ni aquellos que yo creaba con mis palabras hasta darles forma de historias maravillosas.

---

[4] ***Ramayana:*** obra muy antigua de la literatura india, compuesta por 24 000 versos, dividida en 7 volúmenes.

Todavía me acuerdo de cuando eras muy niña y me pedías que te contara una y otra vez el cuento de las palmeras que se habían hecho muy altas, muy altas, muy altas para poder barrer un trocito de cielo con sus ramas. «¿Por qué han crecido tanto?», me preguntabas siempre. Y yo te respondía lentamente, mientras hacía grandes gestos y miraba al cielo: «Para poder ver todos los días el sol, la luna y las estrellas». Yo cantaba una canción, y te decía que, aunque las palmeras estaban sujetas al suelo, todas comenzaban a danzar y a mover sus plumeros para barrer el cielo:

Palmeras, subid, subid,
palmeras, volad, volad,
que el sol, la luna y estrellas
un besito os van a dar.

Palmeras, subid, subid,
palmeras, volad, volad,
que el sol, la luna y estrellas
a mi niña besarán.

—Me acuerdo muy bien.

—Y recuerdo también aquel cuento de la tigresa que trepaba por las noches hasta la cima de la palmera más alta para poder robar trozos de estrellas y llevárselos para iluminar su guarida. «¿Y para qué necesita luz?», me preguntabas, aun sabiendo la respuesta. «Para poder leer cuentos a sus cachorros», te contestaba. ¿Te acuerdas? Luego, dejabas un libro junto a una palmera para que la tigresa se lo llevara. Al día siguiente, te acercabas y, al no estar el libro, decías muy contenta: «Ves, abuelo George, esta noche se lo llevó la mamá para leerlo a sus crías».

—Esta noche te pediré que me lo cuentes de nuevo, como cuando nos sentábamos en el portal hasta altas horas de la noche bajo el cielo estrellado de Bengala. Recuerdo, sobre todo, la época de la estación de las lluvias, cuando apenas podíamos salir de casa. Entonces, esta se transformaba, y a todas horas se contaban historias y leyendas. Las tuyas estaban muy bien, pero había alguien que contaba todavía mejor que tú.

—¿Seguro? No es posible. ¿Quién?

—Sivakumari, la joven ayudante de la cocinera, la chica de los ojos grandes, que siempre estaba sonriendo. Nos llamaba a la cocina y, mientras limpiaba el arroz, nos encandilaba con sus leyendas y canciones antiguas. Además, nos las contaba en hindi[5], por eso aprendimos también esa lengua.

---

[5] **Hindi:** lengua oficial de la India junto con el inglés. El hindi es la cuarta lengua más hablada del mundo, en ella se expresan unos 380 millones de personas.

—Los años han ido pasando —se notaba que el abuelo disfrutaba evocando ese tiempo—, pero todavía me parece que estoy allí. Recuerdo una tarde en la que te estaba contando cuentos en el porche y, de repente, vimos que asomaba la cabeza de un tigre que quería saltar la empalizada. «Vamos dentro, que es peligroso», te dije. Y tú me respondiste: «No, déjalo que salte, que seguramente es una mamá que viene a traernos noticias de sus pequeños y quiere que le deje mi peine para acicalarlos. Déjame que se lo lleve». Así eras tú.

—Sí, abuelo George, pero ya soy adulta, y debo seguir la senda que marca mi estrella.

—Bien sabes que tú eres lo que más quiero. Haz lo que creas conveniente, el futuro te está esperando, sigue tu estrella, como hice yo, como debemos hacer todos. No me gusta que te vayas, y menos tan lejos, pero ni quiero ni puedo poner puertas a tus sueños, de nada sirve intentar parar los vientos o dibujar rayas en el mar. Eso sí, solo te pongo una condición: no te casarás con un indio, eso nunca. No olvides que eres una señorita inglesa, y de alto linaje. Una señorita inglesa de tu clase tiene obligaciones, y no puede casarse con un cualquiera que encuentre por ahí, sino con alguien de nuestra categoría social. Nuestros antepasados nos están mirando. ¿Lo has entendido bien? —le dijo muy serio, con aquella voz de general mandando a la tropa—. Espero que así sea.

3

La nieta volvió a la India

Solo en su castillo, lord George se acercaba todos los días al baniano de su jardín, el árbol de los mil pies. Era un retoño de uno gigantesco que había en una esquina del jardín del palacio de la India.

Algunas ramas del baniano se precipitan contra el suelo, se meten en la tierra y echan raíces con las que se alimentan. Son decenas de raíces aéreas que se van extendiendo alrededor del tronco, y que con el tiempo acaban formando un árbol que puede ser tan ancho como un campo de fútbol.

Cuando nació Anna, el abuelo George hizo un viaje a Inglaterra y plantó el retoño en el jardín del castillo familiar. Desde entonces, ya habían pasado veintidós años. De las múltiples ramas que salían del árbol para introducirse en el suelo, el abuelo solo dejaba implantarse una cada año.

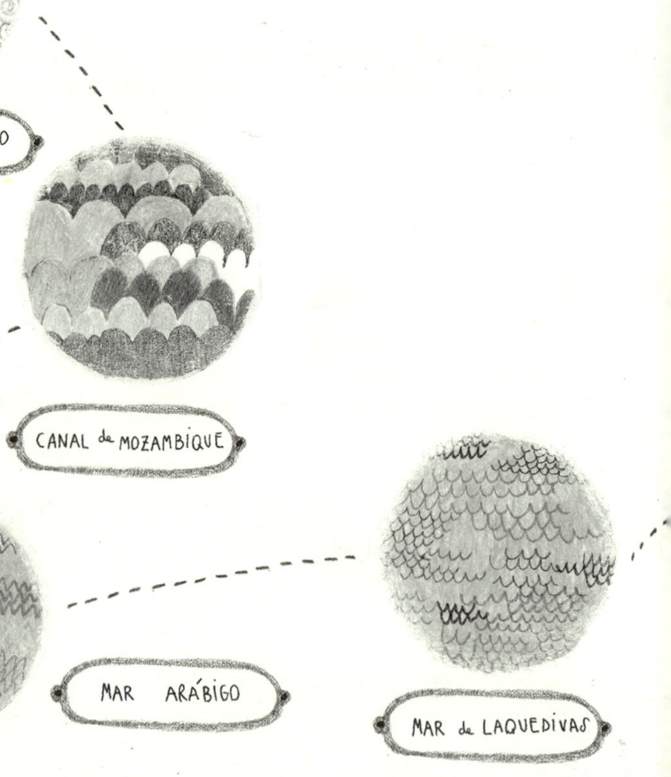

Así que el árbol tenía tantos pies como años tenía su nieta.

Cuando Anna se marchó, el general se quedó muy triste. Aunque entendía que su destino era ese, le dolía. «Hay razones que el corazón no quiere ni puede entender», se repetía.

Fueron muchos los mares que surcó Anna en su largo viaje en barco hasta llegar a la India. En cada puerto de atraque escribía

y mandaba una postal. A medida que iban llegando, el abuelo las metía en una bolsita de plástico y las colgaba en las ramas del baniano.

Después de un larguísimo viaje, finalmente Anna llegó a la región de Bengala, la tierra de las eternas cumbres, de los plateados arrozales, de los templos milenarios, del deambular de las señoriales vacas, de los santones que no comen, de las personas que sonríen, de los faquires espiritados, de la cremación de cadáveres, de las multitudes bañándose en el Ganges, de los monos paseando por los templos, de los templos de los mil dioses, de los grandes ríos que se dividen en cientos de riachuelos antes de llegar a dormir en el mar. Estar en aquellos parajes era como situarse entre la tierra y el cielo.

Nada más establecerse en Calcuta, lo primero que hizo fue ir a visitar a sus tres mejores amigas de Bachillerato, que la llenaron de abrazos y con las que disfrutó recordando antiguas anécdotas. Como estaban preparándose para ir la fiesta de la Purificación en Benarés, la invitaron a ir con ellas.

Llegaron a la estación de tren al anochecer. El panorama que presenció le bastó a Anna para darse cuenta de que ya no estaba en Inglaterra, sino en la India. Había cientos de personas tumbadas y apretujadas en los andenes para pasar la noche, pequeñas habitaciones baratas para viajeros, colchonetas viejas por el suelo, todo abigarrado y lleno de suciedad. Y por el medio, las vacas deambulando, solitarias, comiéndose lo que encontraban a su paso.

Se aprovisionaron de fruta, pan y agua y subieron con facilidad al vagón donde tenían su asiento reservado en primera clase. En los de tercera hubiera sido imposible: la masa de gente que intentaba subir se amontonaba a la entrada; dentro, estaba todo lleno. Incluso había personas que se colgaban de las puertas y las ventanas, ¡y hasta se sentaban encima del vagón!

Fueron doce horas de viaje soporífero, de sofocante calor húmedo, con mil paradas, el vocerío de fondo de los vendedores ambulantes en cada estación, mendigos pidiendo limosna, el vecino de camarote que te ofrece un delicioso *chai*[6], la sonrisa amable de las personas.

Una amiga las estaba esperando en la estación de Benarés y fueron a su casa montadas en un *rickshaw*[7]. La avenida suponía un descontrol absoluto sobre ruedas, una traca insoportable de bocinas que producían una tremenda contaminación, todo tipo de vehículos en todas direcciones: camellos arrastrando carretas, bicicletas con fardos como montañas, furgonetas con cargamentos altísimos que se iban bamboleando peligrosamente, motos soportando una familia entera, conductores haciendo adelantamientos suicidas, vacas flacas caminando a su antojo, allá por donde querían y en el momento en que les

---

[6] ***Chai:*** bebida típica del sur de la India, consistente en una mezcla de té con especias y hierbas aromáticas.

[7] ***Rickshaw:*** vehículo pequeño para el transporte de personas, de dos ruedas, tirado por un hombre, una bicicleta o una motocicleta.

apetecía... Pero llegaron. La fiesta de Varanasi[8] las estaba esperando.

A mediodía alquilaron un barquero para que las llevara a lo largo del Ganges y las cruzara a la otra orilla. Desde el río fueron viendo los kilómetros de *ghats*[9], el espectáculo de las casas colgadas junto al río, las losas de piedra donde la gente lavaba golpeando la ropa, las piras de leña preparadas para las cremaciones, y miles y miles de peregrinos metidos en sus aguas. Serpentearon las estrechas calles de la parte vieja de la ciudad más vieja de la India, las más indias de toda la India.

El sol todavía no comenzaba a declinar cuando se sentaron en un lugar estratégico. Desde allí observaron a la gente que se metía en el Ganges hasta la cintura, se lavaban, introducían varias veces la cabeza en el agua, se frotaban los dientes, hacían todo

---

[8] **Varanasi:** es el nombre oficial de Benarés en la lengua local.

[9] ***Ghats:*** escalinatas junto al río donde la gente se sienta a contemplar las ceremonias de purificación.

tipo de abluciones, bebían el agua —oscura y sucia— y lanzaban flores y otras ofrendas, purificándose para el viaje definitivo, ya que se encontraban en el río de la inmortalidad. A veces veían pasar flotando trozos de cadáveres mal quemados, lanzados al agua antes de terminar la incineración.

Llegó el crepúsculo con su misterio, y el cielo se fue tornando rojizo. Los sacerdotes encendieron los fuegos rituales e hicieron sonar grandes tubas tibetanas. Los peregrinos se acercaban a la orilla e iban dejando centenares de lamparillas encendidas sobre las aguas. Miles y miles de candilejas que se fueron desplazando a la deriva, llenando el río de magia y suave luz. Parecía que el río rezaba.

Cayó la noche. Lavaron los muertos en las aguas sagradas, los secaron y los fueron llevando en parihuelas hacia las piras de leña. Después de rociarlos con incienso, les prendían fuego. Llegó un momento en que el río estaba lleno de candelillas flotantes, y en la orilla ardían más de diez piras crematorias acompañadas de la salmodia y los himnos de las plegarias. Los sacerdotes manejaban grandes lámparas en sus manos frente al templete de fuego, completando el ritual funerario mientras otros hacían sonar campanillas.

Cuando cruzaron el río para volver a casa, Anna y sus amigas no hablaban. La noche estaba iluminada en las dos orillas y parecía que las aguas musitaban una oración.

4

La periodista en Bombay

Anna estuvo una temporada en Bengala y luego se trasladó a Bombay para trabajar como periodista. Hasta el castillo del abuelo llegaba con frecuencia el *Current*[10], donde escribía su nieta.

—Esta chica promete, ya lo sabía yo —se decía cuando leía con satisfacción y orgullo los artículos que publicaba Anna—. Seguro que llega lejos, le viene de casta. Qué pena que no esté más cerca.

[10] ***Current:*** periódico semanal en inglés que se publicaba en Bombay.

Cuando eran crónicas sobre guerras tribales, el abuelo George tenía miedo de que mataran a su niña. «Esta nieta mía es una alocada que no mide lo que hace», pensaba. Se dio cuenta de que a ella le preocupaban mucho los temas sociales, que no era una periodista que escribiera sobre cosas superficiales o frívolas. Era una periodista comprometida con las personas y los problemas de la tierra donde vivía.

Un día salió una foto de Anna en el periódico. El abuelo, entonces, fue a una librería y, después de presumir de nieta ante los dependientes, plastificó la foto. Cuando regresó a su castillo, la colgó de una rama del baniano. Ató también una larga cuerda a la foto y la dejó caer, como si fuera una cometa.

A lo largo de los días fueron llegando más cartas, palomas mensajeras de afectos:

... Y una tarde subí a las montañas de Maharashtra y me encontré con un hombre mayor que estaba sentado debajo de un árbol. Era un hombre venerable. Iba descalzo, lucía una

larga y blanquísima barba, y vestía un dhoti *blanco. Me sonrió con dulzura y me invitó a tomar un té. Estuvimos un rato hablando. «¿Cómo puede vivir así?», le pregunté. «Soy el hombre más rico del mundo porque solo tengo unas pocas cosas y no necesito más; y soy dueño absoluto del tesoro más preciado: mi tiempo. Y soy feliz. Sigue tu estrella, esa que resplandece exclusivamente para ti, y no te equivocarás nunca. Su luz te guiará por los caminos de la vida. Al seguirla te sentirás feliz, y esa es la única moneda que nos interesa en el paso por esta vida», me dijo. Y entonces me acordé de aquel cuento que me repetías muchas veces acerca de un sabio que tenía una máquina que fabricaba el tiempo y al que visitaban reyes de los países más remotos para comprarla.*

El abuelo George pasaba un ratito junto al baniano todos los días. A la vez que le iba quitando los parásitos, hablaba al árbol:

—Esta nieta mía se está volviendo poeta. Pero qué culpa tiene… si es igual que yo. Se ha trasladado de Bengala a Bombay, con lo bien que podía haber vivido junto a las montañas del Himalaya. ¿A ti qué te parece? Cuídamela. Yo sé que mientras tú crezcas y vayas lanzando tus raíces al suelo, mi nieta tendrá buena salud. No quiero que tengas hojas enfermas.

El lord posaba las palmas de sus manos sobre el tronco, y el baniano, con su silencio, parecía decirle que estuviera tranquilo, él velaba por Anna.

5

La contadora de cuentos

Los días sucedían a las noches, y a la nieta y al abuelo los seguían separando miles de kilómetros. Los últimos escritos que publicaba Anna hablaban de la acción que estaba desarrollando en tierras de Bombay un extranjero español llamado Vicente Ferrer. En ellos explicaba que era un hombre que hacía cosas inusuales, parecía que pretendía cambiar costumbres milenarias, por lo que unos estaban a favor y otros en contra. Los reportajes de Anna en el *Current* sobre ese hombre se sucedían, cada día eran más frecuentes: contaba que recogía en la calle a los niños que no tenían techo, les enseñaba a leer y a escribir, los juntaba para darles de comer, construía escuelas, recogía ancianos abandonados en la calle, hacía pozos buscando agua, protegía a las mujeres maltratadas y las animaba a ser independientes, e incluso había construido varias viviendas para los que no tenían adónde ir.

George se fijaba en las fotografías del protagonista de aquellas noticias: era un hombre maduro, rondaba los cuarenta años, flaco, con la nariz un poco corva, vestido casi como un pobre, con unas sencillas sandalias. Su nieta no hacía más que alabarlo en las crónicas. «¡Pues vaya joya! No es, precisamente, un príncipe hindú», pensaba el lord.

Un día el abuelo recibió una larga carta de su querida nieta. Para leerla a gusto, se sentó en la hamaca de la galería, junto al jardín. A lo lejos podía ver el baniano, donde venteaban las postales como libélulas al sol:

... Y estoy muy contenta. Me he dado cuenta de lo mucho que me sobraba para ser feliz y

de lo poco que se necesita para vivir con dignidad. Con dos pares de sandalias tengo para todo el año, y no necesito más. Como no hay libros, entre un grupo de unas cien personas hemos formado una biblioteca aportando cada uno de nosotros los pocos que teníamos. Así hemos conseguido hacer una estupenda biblioteca común. Con tres piezas de tela, que me han costado unas pocas rupias, me he confeccionado tres saris[11] *coloristas, y me quedan muy bien. Hago tres comidas al día y duermo bajo techo. Eso que a nosotros nos parece lo normal, aquí es algo que muchos no pueden hacer, es un privilegio. Tú sabes que son miles y miles los que no tienen nada que comer, que se mueren de hambre, y que son miles y miles los que no tienen un techo bajo el que dormir. Son «los sin techo».*

Muchos domingos voy a distintas aldeas cercanas a contar cuentos con mis amigas Nirmala, Prassy y Sireesha, que hablan mejor que

---

[11] ***Sari:*** vestido típico de las mujeres indias.

yo las lenguas de los nativos, que son el urdu y el maratí. Cada una de nosotras hemos preparado varios cuentos en distintos idiomas. Tenías que ver la cara de los niños cuando visitamos aldeas remotas... Nada más vernos llegar, tocan el gong para anunciarnos y comienzan a salir de las casas a todo correr para juntarse debajo del árbol principal. Acuden personas de todas las edades. Lo primero que hacen es regalarnos las guirnaldas de la felicidad.

Cuando me siento debajo del árbol y voy a empezar a contar, me emociono al ver los ojos expectantes, tanto de niños como de mayores, y me siento como una vendedora de sueños y fantasías. Muchos se suben a las ramas del árbol para escuchar. Comienzo a contar leyendas de sus mayores y... ¡Tenías que ver las decenas de ojos brillantes que me miran mientras reviven lo que están oyendo!

Son historias de sus mayores, mitológicas. ¡Me encanta tejer fábulas con las que sueñen! Ya que pasan hambre, por lo menos que tengan la oportunidad de imaginar otros mundos. Nadie les puede quitar ese momento de felicidad en el que se confunde la realidad con el sueño. ¡Me siento feliz transmitiendo leyendas que nacieron con el despertar de la humanidad!

Y uno de los momentos más sorprendentes es cuando llega el «cuento con los ojos tapados», tal como ellos lo llamaron una vez. Se ponen una tela para poder ver solo con los ojos interiores, a la vez que van haciendo los gestos que se les ocurren de acuerdo a lo que van imaginando.

Son leyendas fantásticas: la de un príncipe que poseía un caballo con grandes alas de seda con los colores del arcoíris y que con sus cascos galopaba sobre las cumbres más altas; la de este mismo príncipe que llevaba una gran espada de oro al cinto y cuando la desenvainaba cortaba las cabezas de los hombres malos que salían de las cuevas; la del ladrón que había amaestrado cien urracas para que robaran alhajas, que guardaban dentro de unos cofres en el fondo de una gruta, hasta que un día una niña vio que le robaban un collar a su madre y siguió a la urraca; la de dragones con cien cabezas; la de elefantes con seis colmillos de oro, la de caballos lanzando soplidos de fuego...

¡Qué ojos asoman cuando se quitan la venda! Parece que vienen de otro mundo. Me dicen que así lo pueden «ver» todo con los ojos interiores.

Al terminar, casi siempre pido a algún anciano que relate cuentos de sus mayores, y tenías que ver a los pequeñines qué cara ponen escuchando a esos venerables hombres de barba blanca. Un sabio africano dijo que, cuando uno de estos ancianos que recoge la tradición muere, es como si una biblioteca ardiera. Cuando se acaba la fiesta, nos invitan a té y pastelitos de arroz, que es todo lo que tienen.

Un día, después de contar una de estas leyendas prodigiosas, se me acercó un hombre centenario: «Señorita, siga repartiendo sonrisas por los pueblos, que no hay mayor riqueza interior que hacer sonreír a los pequeños... y al resto. Soy ya muy mayor, y he visto mucho en esta vida. ¿De qué sirve todo el oro del mundo si no hay una sonrisa? Un niño triste, sin sueños, no puede dar buena cosecha. Siga sembrando sonrisas que hagan olvidar los sinsabores de la vida».

Cerca estaba Safir sentado en la postura de buda. Había encendido unos palillos de incienso para aromatizar el ambiente, y contemplaba el atardecer.

—¿Qué te parece, Safir? Mira lo que dice mi nieta —le dijo George, y le leyó varios párrafos exagerando la entonación—. Me ha salido locuela, poeta y correcaminos. Tiene un alma demasiado buena para andar por este mundo. Me alegra verla feliz. No sé, no sé si esta aventurera se me va a casar con un príncipe. ¿Tú qué opinas? ¿Se casará Anna con algún príncipe?

—No se preocupe, mi lord, cada uno tiene su estrella. Y la de Anna vuela muy alto. Pocos príncipes serán dignos de seguir su estela.

—Eso sí; creo que tienes razón en lo que dices.

Y comenzó a soñar en voz alta:

—La estoy viendo casada con un diplomático de carrera, viviendo en selectas mansiones en las más importantes ciudades del mundo, deslumbrando en la recepción de las embajadas, a las que acude vestida como una reina, dominando idiomas, hablando con elegancia en hindi y bengalí. ¡Que se note que es mi nieta! Sus padres le sonreirán desde el cielo —concluyó, y soltó una lágrima.

—Sí, mi lord.

Las cartas eran mensajeras de ilusiones:

Hace una semana el director del periódico nos invitó a comer en un restaurante a todos los periodistas para celebrar el éxito de ventas. Como los aperitivos fueron abundantes, dejé en el plato sin empezar un hermoso filete de yak asado en su punto. Le dije al camarero que me lo envolviera en papel de aluminio. Me marché unos minutos antes porque tenía que resolver un asunto. Al pasar por una plazoleta, vi a un hombre sin piernas sentado junto a un árbol pidiendo limosna. Le di el envoltorio de aluminio y seguí andando unos pasos. Me situé detrás de la horquilla de un árbol para observarlo sin que me viera. El hombre quitó el envoltorio y abrió sus ojos como platos al ver aquello. Dio un bocado muy pequeño al filete y se lamió los labios. Después, siguió lamiendo el resto de la carne. Continué mi camino a casa y regresé por allí a la media hora. Me sorprendió que el hombre estuviera rodeado de tres pequeños sentados en el suelo. Había partido el filete en tres trozos y cada niño chupaba pausadamente la carne como si fuera una golosina. Dos de ellos tenían los ojos cerrados, como si quisieran saborearlo mejor. El señor no tenía nada en sus manos, pero le brillaban los ojos al ver disfrutar a los pequeños.

Yo creo que no habían comido nunca un filete como aquel. Mira, abuelo, qué poco me costó hacer feliz a aquellas personas durante un rato. Y total, les di de lo que me sobraba.

—Está claro que esta nieta mía es un ángel en medio de la maldad que habita este perro mundo —razonaba el abuelo—. Con

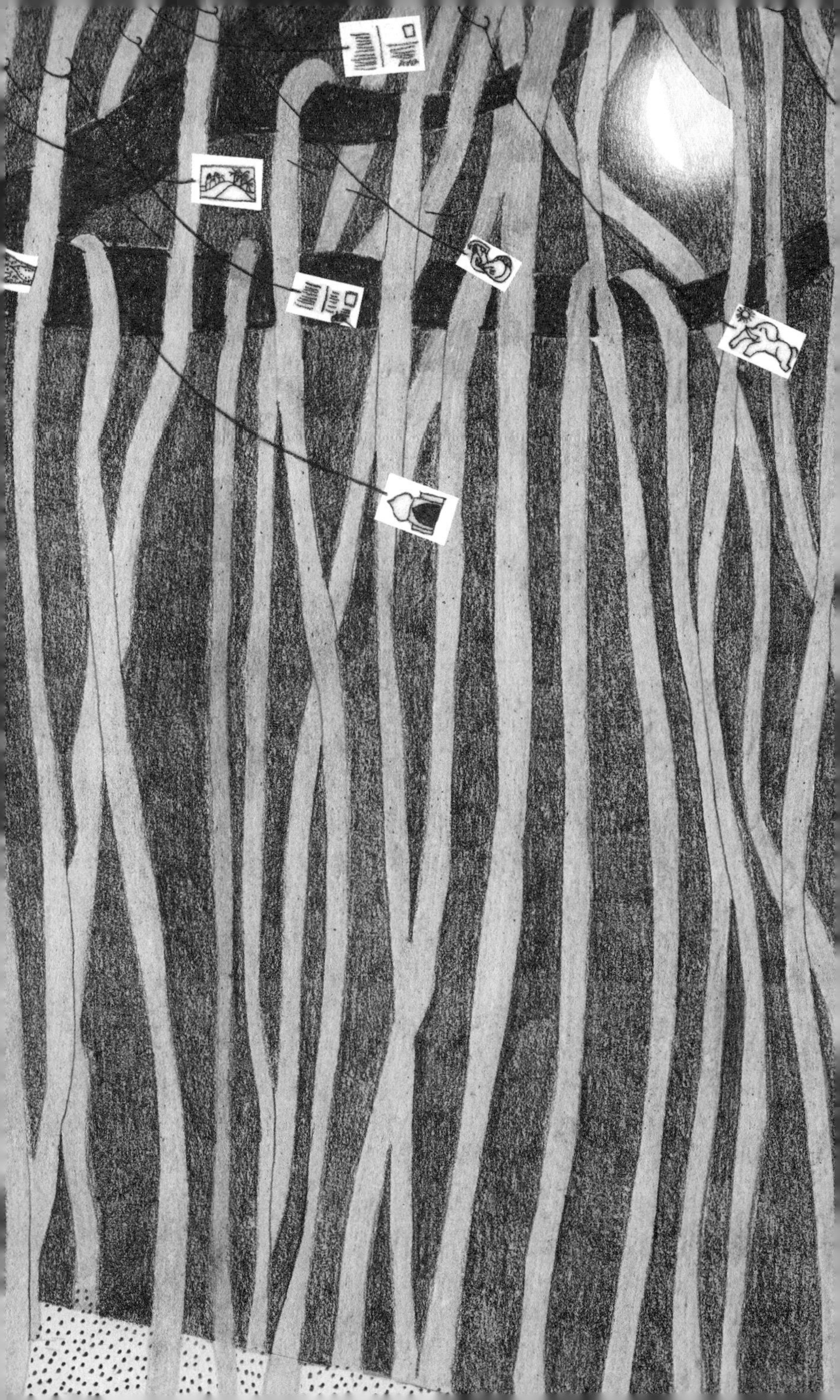

poquitas personas como ella todo cambiaría. ¿O no? ¿Tú qué opinas, Safir?

—Sí, mi lord.

Algunos días, al anochecer, el anciano se sentaba bajo el baniano y cerraba los ojos. El viento mecía las hojas, y las tarjetas se bamboleaban murmurando una suave música. Al lord, entonces, le parecía oír susurros, voces que venían desde muy lejos. Así que tocaba con las dos manos el tronco y se quedaba como traspuesto, como si estuviera comunicándose con su nieta. «Yo sé que allí, a lo lejos, ella está mirando la misma luna», pensaba.

6

EL PODER DE *SIR* GEORGE

El abuelo no se hacía a la idea de que su nieta se encontraba muy lejos, por lo que a veces esperaba que apareciera por la puerta para pasar el fin de semana con él, como si viviera a pocos kilómetros. Pero la realidad era muy distinta, y se le hacía muy dura. Un día se acercó a la costa. Mientras paseaba junto a la playa, al contemplar aquel mar que se había llevado a Anna en un barco, sintió un vacío y comenzó a llamarla. Tanta fue su insistencia que pensó que se había vuelto loco, y se echó a llorar, mientras el bramido de las olas acallaba su llanto.

Al llegar a casa, se puso a escribir: «No quiero entrometerme en tu libertad, pero es demasiado larga tu ausencia. ¿Cuánto tiempo voy a estar sin verte?».

Anna le respondió con una extensa carta para mitigar su morriña y, unos meses después, para sorpresa de su abuelo, fue a pasar las vacaciones a Inglaterra.

Habían pasado dos años.

—No me gusta que hayas tardado tanto tiempo en regresar. ¿Es que no ves que me estoy haciendo viejo? Un día me puse muy malo, y tú no estabas. Me podía haber dado un patatús, me podía haber muerto… y tú andando por ahí. ¡Eres una loca!

Anna lo llenó de besos, y el abuelo terminó llorando de alegría al ver aquella carita redonda de ojos vivaces que lo miraba con una sonrisa.

—¡Safir! —gritó a la vez que tocaba la campanilla.

—¿Qué desea, mi lord?

—Que esta noche, en la cena, pongan tres ramos de flores en la mesa —mandó con la arrogancia de un general que da órdenes a su tropa.

—¿Y para quién serán esos ramos? Uno para usted, otro para la señorita Anna, ¿y el tercero?

—¿No lo sospechas? Pedazo de alelado, ¡para ti! Y trae para Kalí una tarta de pato.

Durante la cena, el abuelo preguntó a Anna por aquel hombre, Vicente Ferrer, sobre el que había publicado varios reportajes. Su nieta le fue contando las muchas cosas buenas que había hecho con los más débiles, y los proyectos que tenía planificados. También dio cuenta de las manifestaciones de la población, a favor y en contra de la labor que estaba realizando, y de su falta de dinero para poder emprender tantas acciones: Bombay es la ciudad más grande de la India, y son millones los que no tienen techo.

—Le he dado parte de mis ahorros, pero eso no es nada para lo mucho que se necesita.

—¡Cómo que le has dado tu dinero! —reprochó a su nieta—. ¡Pero si no tienes ni cuatro rupias! ¡Ni que fueras una ricachona!

—Es poco, pero nada es despreciable. Si sumamos, con muchos pocos se hace un mucho. Gotita a gotita se llena el cántaro, y con muchos cántaros se hace un riachuelo, esa es su filosofía. Ahora tenemos un proyecto…

—¿Qué quieres decir con «tenemos»?

—Sí, colaboro con él en lo que puedo. Tenemos el proyecto de hacer un pequeño hospital, un gran refugio para que muchos pobres puedan pasar la noche, una escuela y un comedor social. Sería algo magnífico que pudiéramos construirlo todo, pero no lo creo, hace falta mucho dinero.

Anna miró hacia arriba como si esperara que del techo le bajara un milagro y, al toparse con la lámpara, pensó: «Esta lámpara que está sobre mi cabeza vale miles y miles de rupias». Volvió la cabeza hacia Safir, y le guiñó un ojo.

—Yo le daré algo, señorita Anna. No es mucho, pero todavía me sobra, y seré feliz al poder ayudar. El anillo que tengo no me da de comer, así que es suyo. También podría vender el bastón de puño de marfil que me regaló mi padre.

—Muchas gracias por tu generosidad, Safir. Con muchas personas como tú, el mundo cambiaría.

—Bueno... No vas a ser tú solo... Si en algo puedo ayudar yo... Yo también podría colaborar —añadió el abuelo.

Safir le cucó un ojo a Anna.

Durante los días de vacaciones, Anna fue detallando los proyectos de aquel soñador. No hablaba de otra cosa, se veía la ilusión en su cara.

«A medida que me hago mayor, me va costando menos desprenderme de las cosas. ¡Al fin y al cabo, solo son cosas! Y mi nieta necesita mi dinero», pensaba el lord.

Con los suaves argumentos de Anna, se sintió tan conmovido que se decidió a vender uno de sus castillos, con todas sus hectáreas de alrededor, y un valioso cuadro de un pintor famoso que colgaba en la pared del comedor.

Anna llevó aquel dinero a la India como quien acerca un vaso de agua a una planta sedienta en medio del desierto. Aquel dinero se multiplicó. Con aquella fortuna, levantaron un pequeño hospital, dos escuelas, multitud de casitas, hicieron decenas de pozos y compraron varios rebaños de búfalos y tres camiones cargados de arroz para el comedor social.

En las sucesivas cartas que le iba escribiendo al

abuelo, le enviaba fotos de las distintas construcciones para que viera cómo su donativo se iba transformando en cosas útiles, ladrillo a ladrillo, casa a casa, pozo a pozo, brazo a brazo.

Cada día, cuando el viento bamboleaba las hojas de plástico, el baniano sonreía más y más, lanzando sus mensajes alrededor.

Y tantas fueron las cartas y tantas fueron las fotos... que el abuelo George se decidió a vender otro castillo. Aquello ya no era un vaso de agua en el desierto, sino un río.

7

¿Un novio para Anna?

En una de las cartas, Anna le decía que había conocido a un chico que valía mucho y que seguramente sería el amor de su vida.

Y el abuelo le respondió a vuelta de correo:

Espero que sea un joven digno de tu categoría, un futuro diplomático que te pasee por los rincones del mundo, con el que vivas en un palacio y que te tenga como a una princesa.

«¿Cómo será ese joven? —se preguntaba el lord paseando por su jardín—. Me gustaría que fuera de una importante familia inglesa, que llevara a mi nieta a fiestas de sociedad, que la vistiera con elegancia, que juntara su herencia con la nuestra. ¡Qué menos! Pero esta nieta mía... Si no es un chico de su categoría, habrá que pensar en no darle lo que le tenía preparado. ¡La desheredo!».

En el siguiente viaje, Anna vino acompañada de un hombre no muy alto, flaco, con el flequillo caído, vestido de la forma más sencilla, con una camisa suelta, unos pantalones anchos y sandalias. En cuanto entró en palacio, George reconoció al hombre de las fotos.

—¿Y este señor? —le preguntó con cierto distanciamiento.

—Es Vicente, el hombre del que tanto te he hablado, el que está realizando esos grandes proyectos.

—Bien... y... —insistió con el rostro serio.

—Es mi novio, es el hombre con el que he decidido compartir mi vida.

El abuelo George se quedó quieto, como si le hubiera dado un patatús. Tentado estuvo de subir a la habitación de arriba, donde guardaba la pistola. Hubiera sido un final glorioso, ¡pim, pam, pum! Los miró, allí los tenía delante, juntos. Les lanzó una mirada asesina, mientras ellos se trataban uno a otro como dos tortolitos… sin ningún miedo a sus resoplidos.

—Pero Anna… Yo, que te había preparado de novio al hijo de un diplomático que vive en Calcuta y que tiene un futuro brillantísimo; yo, que

desde que eras una niña, había pensado para ti un camino de rosas, una carrera brillante... y me vienes con este junco, con este descamisado, con este correcaminos flaco y que calza un par de sandalias, este hombre que parece salido de... —pero se calló al ver que los dos jóvenes se estaban riendo a carcajadas delante de sus ojos.

George, el viejo soldado, el antiguo general, sintió que sus energías se apaciguaban, que se le escurrían sus ardores guerreros y que, por el contrario, le renacía todo el cariño por su nieta. Pero se mantuvo en su postura distante de autoridad.

Al abuelo George le costaba hablar con sinceridad; dentro de sí albergaba un mar de contradicciones entre sus deseos y la realidad. Por ello aprovechó el momento de la cena para, sin que se notara demasiado, ir haciendo un interrogatorio al candidato a ser marido de su nieta. Él tenía que llegar a saber si el pretendiente —¡pero qué pinta!— era un aventurero, un idealista, un apóstol, un loco, alguien a quien maldecir o en quien poder confiar:

—¿Cuál es el objetivo de su vida, don Vicente?

—Hacer que miles de pobres dejen de serlo, y lograr que tengan la dignidad de sentirse personas. Ese es el objetivo de mi vida, y soy testigo de que es posible cambiar el mundo. No podemos mirar el sufrimiento de otro sin sentirlo nosotros también.

—¿Y qué harás de mi nieta? ¿Qué será de ella? ¿Crees que está preparada para llevar esa vida?

—Ella ha elegido. Me ayudará, nos ayudaremos, en este proyecto de dignificación de los más débiles, de los más pobres entre los más pobres. Son cientos y cientos los que no tienen nada. Ese es mi proyecto, de los dos, en el que estamos metidos en cuerpo y alma, que esos pobres que no tienen nada lleguen a sentirse ciudadanos.

—¿Y con qué vais a vivir?

—Eso sí que no lo sé. La providencia decidirá. ¡Hay mucha gente buena! Y con esa gente se puede cambiar el mundo. Llevo muchos años trabajando sin pensar en el mañana, yo tengo que centrarme en el día a día.

—¿De verdad crees que este mundo se puede cambiar?

—Naturalmente, si cambiamos de actitud. Uno puede dedicarse a distintas actividades, pero ayudar a los demás es un privilegio. Puede haber pobres, pero no tienen por qué ser pobres los mismos toda la vida.

—¡El mundo no se puede cambiar! ¿No eres un insensato al meter en este proyecto a mi nieta, que es una cría?

—Soy de mochila ligera. Solo poseo lo que llevo encima, vivo al día. Mi futuro está en el presente. Lo importante del paraíso no es encontrarlo, sino no parar de buscarlo. Y saber que ese final perfecto no llegará, pero hay que intentarlo. Yo siempre aspiro a llegar a la cumbre de la montaña, aunque me quede a la mitad. Solo soñando metas imposibles se logran metas posibles. Si no piensas en la cumbre, corto será tu camino. El mundo se puede enderezar, es cuestión de ponerse a ello. Los pobres no tienen la culpa de serlo.

El viejo general se quedó un momento pensativo. Le costaba digerir todo aquello, eran reflexiones demasiado profundas como para poder despacharlas a la ligera. El examen le iba convenciendo.

Finalmente, la cara se le contrajo, con un aire de mando, como si acabara de tomar una decisión.

—¡Tienes que cuidarla! —le dijo con voz de general—. Estoy pensando que... ¡Safir! ¡Safir! ¡Safir! ¿Dónde diablos andas? —gritó con fuerza.

—¿Qué quiere, mi lord?

—Que vayas corriendo a poner cuatro ramos de flores en el comedor grande.

Pasaron dos días más, y el abuelo ya empezaba a sonreír. Cuando estaba charlando con Vicente y pasaba Anna, esta observaba sus caras. Entendía que la relación iba bien, así que hacía un gesto de complicidad a Vicente, como diciéndole: «La cosa va por buen camino; no te preocupes, el dragón no muerde, se le va la fuerza por la boca, y torres más altas han caído».

Al tercer día, *sir* George invitó a Vicente a pasear a solas por el jardín.

—Cuéntame un poco más de ti, ¿qué has hecho en la vida? ¿Qué te ha hecho llegar a ver el mundo de esa manera?

—Conocí el dolor cuando, con dieciséis años, me obligaron a participar en aquella triste guerra entre hermanos que hubo en España. En la guerra y en los campos de concentración donde malviví volví a sufrir. Esa experiencia hizo que decidiera entregarme a ayudar a los demás, y para ello comencé los estudios de Derecho. Pero los dejé a mitad y entré en la Compañía de Jesús para desarrollar mis ideales.

—¿Y por qué no has sido un jesuita normal como los demás?

—¿Qué quiere decir con «normal»?

—Pues aquello a lo que estamos acostumbrados a ver en un religioso: estudiar, ser piadoso, atender a los feligreses, rezar por los demás, vivir en una casa parroquial… y no llevarse a una chica guapa.

—¡Llevarse a una chica guapa no es pecado! Estudiando en las montañas de Kodaikanal, al sur de la India, un lugar que invitaba a la espiritualidad y a la vida interior, me di cuenta de que un hombre de oración debe ser un hombre de acción, y que hay que dejar la meditación para pasar a la acción cuando ves la miseria de alrededor. ¡No podemos quedarnos indiferentes ante el dolor de los demás! Por eso concebí un plan: redimir a los más pobres, quitarles antes el hambre física que la espiritual. Me sobraban las teorías, yo solo quería pasar a la acción buena de sacarlos de la pobreza. Esa fue mi decisión, dejar las teorías y acercarme al hombre necesitado.

—¿Por qué no continuaste como jesuita?

—Si lo hacía, debía someterme a la obediencia. Cuando mis superiores empezaron a darme órdenes que impedían que pudiera realizar mis proyectos, entendí que debía salir para seguir mi camino en solitario. Por eso dejé la Compañía de Jesús y me secularicé para poder ser libre en mi manera de actuar. Trabajé en Bombay y ahora estamos en otro lugar.

—¿Y cuál es el sitio adonde vas a trabajar?

—Vamos a Anantapur, un pueblo de la provincia de Andhra Pradesh, la región más pobre y abandonada de la India, donde están los más pobres de los más pobres, y donde una gota de agua se puede transformar en un lago.

—¿Cuáles son tus convicciones religiosas?

—El servicio a Dios es el servicio al hombre, sin preguntarle lo que piensa. Para hacer el bien no hacen falta grandes justificaciones; hacer el bien basta para llenar nuestras vidas.

—Pero me inquieta saber cómo tratarás a mi nieta.

—Nos conocemos muy bien, hemos hablado mucho y trabajamos juntos. Ella será, además, la que me dará fuerza en los momentos bajos, la que traerá paz a mi espíritu, la que pondrá en orden mi cabeza. ¿Le parezco un digno pretendiente para su nieta? Aunque, pensándolo bien, no estaría mal venderla a un ricachón. Algún maharajá de Hyderabad, Jaipur o Kapurthala pagaría una fortuna al ver una mujer culta y de cara blanca —añadió.

El abuelo se echó a reír.

Continuaron su paseo, mientras el viejo general no dejaba de mirar al suelo, meditabundo, por delante de sus zapatones.

Al día siguiente, por la mañana, daba vueltas por el jardín concentrado en sus pensamientos y miraba con frecuencia el cielo como si quisiera encontrar una respuesta a sus interrogantes. Los dos jóvenes lo contemplaban desde el piso superior, detrás de unas cortinas, y no se decidían a acercarse al «león», consideraban que era mejor que diera vueltas solo.

Por la tarde salieron todos a pasear por el jardín. Cuando se acercaron al baniano, decenas de postales mecían al viento sus palabras como si fueran las alas gigantes de una mariposa. Anna se emocionó al ver aquel gesto de cariño.

Vicente, con disimulo, se apartó de ellos para que pudieran hablar a solas.

—¡Vaya príncipe que me has traído! Ese no te va a llevar a ninguna fiesta. ¡Si parece un fantasma hambriento! ¡No gasta ni en cortarse el pelo! ¡Si es un *matasastres*! Habrá que nombrarlo marqués don Sandalio. Pero ¿de dónde me has sacado a este hombre? ¿De verdad que te quieres unir a él?

—Abuelo, es la mejor persona del mundo. Soy feliz a su lado. ¡Es un soñador con los pies en la tierra! Tenías que ver cómo lo mira la gente pobre. ¿Puede haber una misión mejor en la vida que la de dedicarse a hacer sonreír a los más necesitados? ¿Qué más puedo pedir? Lo que hace falta es que yo sea digna de seguir su camino. Y, además, es un hombre con mucho sentido del humor. Aunque tenga un pensamiento tan profundo, siempre está haciendo bromas, sonriendo, tratando de hacer la vida agradable a su alrededor. ¿Qué más puedo pedir en esta vida?

Siguieron paseando en silencio. Anna no quería hablar porque sabía que dentro de la cabeza de su abuelo se estaba librando una batalla. Y seguía callada.

—Bueno. Veo que tenéis grandes sueños, que os habéis fijado la meta más noble... A veces lo más inteligente es cambiar de opinión. ¡En fin! He estado pensando que podría vender alguna finca, si a ti te parece, y así os ayudaría un poco en esos proyectos. Yo necesito muy poco para mí.

—¡Eso estaría muy bien! —exclamó sorprendida Anna, cogida de su brazo.

—¿Y si vendo, además, otro castillo?

—Eso estaría mucho mejor. Podríamos comprar cientos de vacas.

—¿Y si vendo otro más con todas sus fincas?

—Eso estaría infinitamente mejor. Podríamos levantar hospitales.

—Bueno, pues venderé algunas cosas para que estés contenta... con tu príncipe.

—Eso está... ¡infinitamente mucho mejor! —dijo Anna, y le dio un gran abrazo.

8

EL TRAJE DE CÓNSUL

El primo Henry, un familiar de *sir* George, se había enterado de la llegada de Anna con un señor con el que se decía estaba comprometida, así que aprovechó para invitarlos, junto al abuelo George, a una fiesta en su palacete con motivo de su cumpleaños. Quedaba una semana.

—Me dice que tenemos que ir vestidos de gala y que después de la cena habrá un baile. Es una cena elegante de cumpleaños, en un salón versallesco, con grandes lámparas, bellísimas señoras, cuellos luciendo collares…

Y que van a ser unas cincuenta personas, la mayoría del mundo de las embajadas y consulados —les comunicó *sir* George con retintín.

—¿Y no sería posible, señor, declinar dicha invitación? —le pidió Vicente—. Es que yo no estoy acostumbrado a fiestas. Lo mío es andar con sandalias por campos desiertos y tirar de los borricos con las carretas.

—No es posible. A mi primo Henry no le puedo hacer ese deshonor, sería una grosería, un desprecio, y no me lo perdonaría nunca —contestó George, que en el fondo se estaba divirtiendo con el aprieto.

—Dígale que me he puesto enfermo, que me he muerto, que me he embarcado con unos piratas; mejor, que he traído una enfermedad contagiosa que mata a distancia, pero no me obligue a ir. ¿Usted puede comprender la alegría que siente un cordero cuando va al matadero? ¡Bailar! No lo he hecho en mi vida, prefiero caminar descalzo.

—Con esas sandalias te podrían presentar como el príncipe don Sandalio de Jaipur.

¡Vete corriendo a comprarte un traje digno y unos zapatos como Dios manda! —le gritó.

—No, eso sí que no. Estaría dispuesto a ir a la cena, pero no me compro un traje, que eso resulta muy caro y yo necesito el dinero para otras muchas cosas.

—¡Tendré que comprártelo yo!

—No es eso... ¡Por supuesto que me lo tendría que comprar usted, yo no tengo una rupia! Es una cuestión de principios. Yo no estoy dispuesto a hacer gastos innecesarios. ¡Con lo que cuesta un traje damos de comer a cien personas durante una semana! ¿Cómo lo voy a comprar para utilizarlo solo unas horas?

—¡Te presto uno mío!

—Pero yo soy como un fideo, tendría que engordar, ensanchar y pesar el doble. Y habría que cortar las perneras por la mitad.

Safir pasaba cerca y al ver el panorama corrió donde estaba Anna:

—Señorita, que viene tormenta, corra antes de que se batan en duelo.

Anna y Safir volaron escaleras arriba, donde había una habitación llena de armarios.

Comenzaron a sacar trajes y más trajes de todos los tamaños y gustos. Los que creían que le podrían servir, los echaban encima de una cama.

—Señorita Anna, en ese rincón tengo un traje de gala de mi padre, que era de la estatura de Vicente. Se lo hizo para una recepción de *sir* George.

También encontraron unos zapatos de Safir que estaban casi nuevos. Pero debían teñirlos, porque eran de colorines.

Anna, sin embargo, no tuvo que buscar mucho en los baúles repletos de vestidos de su madre, de cuando vivió en la India, para encontrar atuendo para ella.

Durante cuatro días, Safir y Anna anduvieron cosiendo y descosiendo. Cuando le hacían las pruebas a Vicente, este cerraba los ojos y la boca para no decir nada. Al final, cuando se miró en un espejo, casi se cayó de espaldas de la risa que le dio su estampa.

—¡Aquí está el maharajá de Kapurthala! Con esta pinta de mochuelo seguro que ni me abren la puerta. ¡Cómo se reirían de mí si me vieran mis amigos de la India!

Finalmente vino una costurera, conocida de Anna, y entre los tres lograron confeccionar un elegante traje de gala con aire oriental, que tenía, incluso, charreteras sobre los hombros. Recortaron una camisa de seda de *sir* George, le levantaron el cuello para la pajarita y sobre el cinturón le colocaron un fajín de terciopelo con la bandera de Bengala. Del hombro a la cintura le cruzaba una banda verde. ¡Parecía todo un cónsul!

—Me siento como un espantapájaros, como un mono vestido de monaguillo. ¡Yo me voy de aquí! —gritó de forma cómica.

—Grita, grita. Como te marches, te acuso de ladrón y mando a la policía en tu busca —le gritó el lord desde el vestíbulo mientras se reía a carcajadas.

Llegó el día de la cena. *Sir* George llevaba su traje especial de diplomático, con una banderola cruzándole el pecho y un chaleco blanco. En la pechera relucían sus condecoraciones. Unos zapatones con hebilla completaban su gallarda estampa. Detrás iba Anna, vestida con aire oriental, muy elegante. Iba cogida del brazo de un hombre de difícil clasificación, algo entre profesor despistado y trapecista de circo. Y cerrando el cortejo, Safir, con traje bengalí, una especie de Mahatma Gandhi en ayuno perpetuo, que llevaba un cestito con los presentes.

Sin que nadie se diera cuenta, *sir* George dejó sobre el teclado del piano una hoja de periódico donde aparecía una fotografía grande de Vicente Ferrer.

Vinieron los saludos ceremoniosos y tomaron un aperitivo a la vez que George les iba presentando a los invitados.

Los comensales se sentaron a una larga mesa. Vicente los observaba. Era gente muy rica, muchos de ellos diplomáticos, todos elegantemente vestidos, de perfecta etiqueta. Las mujeres lucían pendientes de diamantes, largos collares de perlas, pulseras de oro macizo y anillos donde brillaban diamantes y piedras preciosas. Había algunas muy elegantes, pero otras lucían sus joyas con ostentación

y poco gusto. Delante de Vicente estaba sentada una señora tan engalanada de pedrería que parecía una mujer metida en un joyero. La piedra de su anillo era del tamaño de un huevo de codorniz, y la pulsera tan gruesa como la de un gladiador romano, pero de oro. «Con lo que lleva esa señora encima, yo tenía para levantar un colegio y un hospital», pensaba el invitado forzoso mientras la contemplaba al levantar la copa de vino.

Sacaron platos selectos, y los invitados comieron y bebieron con fruición. Sin embargo, Vicente comió como un pajarillo, y apenas dio algunos sorbitos al vino. Además, le producía ardor de estómago ver tanta abundancia, al tiempo que pensaba lo que harían sus pobres si estuvieran en aquella mesa. Esto le hizo acordarse de los maharajás de la India, y de que algunos de ellos estaban entre los hombres más ricos y extravagantes del mundo. Como el de Junagadh, que invitó a trescientas personas riquísimas a la boda de su perra favorita; o el de Alwar, que enterraba los coches más caros del mundo en las montañas cuando se cansaba de ellos; y de tantos otros tan horteras que se hacían fabricar trenes con vagones chapados en oro y sala de proyección de películas.

Cuando se fueron levantando después de los postres y las copas, una mujer de cuello largo cargado de collares curioseó el periódico que estaba sobre el teclado del piano y comenzó a mirar a Vicente como quien mira a un mendigo sentado en una ópera. Se levantó discretamente y se fue al baño con el periódico en la mano. Desde lejos George hacía como que no se enteraba, pero con el rabillo del ojo no la perdió de vista.

Comenzó el baile. El abuelo sacó a su nieta en el vals de apertura y se sintió como un reyezuelo del Rajastán bailando con la princesa más elegante. Vicente se quedó más que sentado, pegado a la silla, con pánico a que viniera alguna dama a sacarlo a bailar. El abuelo George estaba al tanto de todo lo que ocurría.

La dama del cuello largo volvió a la sala y se acercó a Vicente:

—Mi nombre es Elizabeth. ¿Me otorgaría el placer de concederme un baile, señor?

Vicente alzó los ojos con cara de ternero moribundo hacia aquel cuello de jirafa rodeado de perlas.

—Señora, es que… yo no sé bailar.

—No importa.

—Seguramente le dé tal pisotón que le rompa el zapato… y aquí no hay zapateros para arreglárselo. No quisiera hacerle daño.

—No se preocupe, sabré cuidarme.

—Pero es que debajo de los zapatos van los dedos de sus nobles pies, pobrecitos, y puede que aquí no haya ningún médico. ¿Jura usted que si le piso no llamará a la policía?

—No se preocupe.

—Pero le puede pasar lo del cuento de la rana —Vicente seguía sentado con las dos manos agarradas fuertemente a la silla.

—¿Qué le ocurrió?

—Pues, señora, érase que se era una princesa, así de elegante como usted, a la que invitaron a una fiesta. Le tocó bailar con una rana que decían que era un príncipe encantado.

Se acercó al animal con la idea de poder desencantarlo, pero resultó que, en realidad, no era un príncipe, así que, al besarlo, la señorita se transformó también en una rana, y aquella transformación fue para toda la vida. ¿Insiste, distinguida dama? Mire que yo no soy un príncipe encantado.

Por toda respuesta, la señora sonrió, le dio la mano con elegancia e hizo que se levantara. Lo cogió por la cintura y lo encaminó al salón para que diera los primeros pasos. George y Anna se alejaron a la otra esquina para contemplar la escena desde lejos. El abuelo se tuvo que poner un pañuelo en la boca para contener la risa. Anna se puso detrás, curiosa. Safir, que estaba mirando desde el palco, cerró los ojos, adoptó la postura del buda y se encomendó a todos los dioses hindúes.

—O sea, que usted es embajador.

—No exactamente, aunque vengo de la India, soy embajador… honorífico de un estado… con su capital en… Anantapur, pero en realidad no es su capital.

—No acabo de entenderle.

—Es que es un reino muy pequeño; si quiere, se lo puedo describir para que vea que existe. Ya sabe usted, todos podemos ser embajadores de vez en cuando. Ya dice el refrán que el hábito no hace al monje.

—Pero he observado que su fajín lleva los colores de Bengala... que creo que está muy lejos. Dice que el hábito no hace al monje..., sobre todo para quien ha llevado el hábito durante algún tiempo, padre Ferrer. ¿No es usted? Padre Ferrer, el religioso aventurero en Anantapur.

Vicente se quedó cortado y sorprendido. La señora le contó que había cogido una hoja de periódico que estaba sobre el teclado del piano y la había leído completa en el baño.

—Estaba pensando qué inventarme para explicarle de dónde soy embajador, pero si usted ya lo sabe todo, no tengo nada más que añadir. Ahora comprenderá que sea un pésimo bailarín, y podrá explicarse la elegancia de mi indumentaria. Me gustaría seguir hablando, pero no aquí, mejor sentados junto a una mesa. Así cumple usted una doble obra de caridad con este pobre: me libra del suplicio de bailar y de que corra el peligro de que venga otra dama a buscarme. E, incluso, me ayuda con otra cosa.

—¿Con cuál?

—Después de tantos años sintiendo los pies libres en las sandalias, tenerlos metidos en unos zapatos, que además no son míos, es una verdadera tortura, siento como si tuviera los dedos dentro de un cepo. Se me van a morir de asfixia. Si nos sentamos, señora, mis juanetes se lo agradecerán.

Vicente y la señora Elizabeth estuvieron hablando sentados un buen rato. Ella le preguntó sobre su vida, y Vicente le contó sus sueños, sus proyectos... y se rieron los dos a carcajadas cuando le explicó cómo confeccionaron su traje durante una semana y que había venido con unos zapatos teñidos a una fiesta tan importante.

La señora Elizabeth se levantó y le hizo un gesto a George para que se acercara.

—Siéntate con Vicente, mi querido George. Vas a tener un marido encantador para tu nieta, pero, desde luego, como embajador no se va a ganar la vida —añadió.

Después, se levantó, fue junto al piano y tocó una campanilla. Se hizo el silencio.

—Les ruego tomen un momento sus asientos.

La señora Elizabeth se adelantó unos pasos con el periódico en la mano y se subió a una tarima:

—Queridos amigos: quisiera, en primer lugar, saludar cordialmente a todos los presentes y, en especial, a nuestro querido Henry, a quien deseamos muchos y felices cumpleaños. Pero el motivo de que tome la palabra es otro: habrán podido observar que he estado dando unos pasos de baile con un consumado bailarín, que es el señor embajador del reino de la Dignidad...

La señora leyó despacio el artículo entero, señalando varias veces con el dedo a Vicente. Los comensales escucharon con suma atención aquel mensaje tan inesperado y que les hablaba de un mundo en las antípodas de sus vidas.

—Después de escuchar esto, de conocer este testimonio, sobran las palabras. Dar aquello que nos sobra es caridad, pero no justicia. He estado hablando un buen rato con este hombre y sé que este collar —Elizabeth se lo quitó y comenzó a darle vueltas muy despacio hasta que quedó colgado de dos dedos, hasta que lo dejó caer lentamente dentro de un sombrero—, que es un objeto absolutamente innecesario, al igual que este pedrusco, que no pinta nada en mi dedo y es escandalosamente caro, pueden cumplir una nueva misión con su venta. —Lo sacó lentamente del dedo y lo dejó caer igualmente en el sombrero—. Y esto no tiene mérito —siguió quitándose lentamente los pendientes de diamantes— porque damos aquello que nos sobra, y solo son cosas, trastos que se compran. Él, ellos, Vicente y Anna, se han dado a sí mismos, han entregado sus vidas. Ellos nos pueden explicar cómo todos somos responsables del hambre del mundo y cómo podemos entre todos cambiar esa situación aunando voluntades. A mí la conversación con Vicente me ha cambiado.

Siguió hablando un momento hasta que todo el mundo se sintió conmovido. Las mujeres hicieron fila dejando sus joyas en el sombrero, y los hombres echaron billetes grandes. Finalmente lo invitó a subir junto a ella, y Vicente dijo:

—Juro ante ustedes que todo lo que ha contado esta elegante señora llamada Elizabeth es mentira, y que lo único que pretende es robarles a ustedes porque quiere vengarse de otra señora que luce joyas más costosas que las suyas. —Todos se echaron a reír—. Lo que sí puedo afirmar es que desde que se ha despojado de las alhajas, que la recubrían como con una coraza plateada, está mucho más guapa. —De nuevo hubo risas.

Y siguió contando con humor lo que hacía en la India, sus sueños y proyectos, cómo habían preparado su traje durante una semana, y lo a punto que había estado de batirse en duelo con el abuelo de su prometida.

—Y ustedes perdonen la descortesía de haber traído para esta fiesta los zapatos teñidos de Safir, el atento asistente de sir George.

Aplaudieron su sentido del humor, pero hubo alguien que dejó escapar una lágrima.

Cuando terminó de hablar, el abuelo George se puso de pie y dio un aplauso, al que se unieron todos los demás.

Ya bien entrada la noche, cuando volvían a casa, Vicente dijo al anciano:

—Yo creo que nos podíamos juntar usted y yo para hacer negocios. Sacaríamos mucho dinero para llevar a mis pobres de Anantapur.

El viejo diplomático se quedó mirando las estrellas, mientras que el resto de acompañantes entraron en la casa.

9

CUANDO FLORECEN LOS BAMBÚES

Al atardecer del día siguiente, salieron a pasear por el jardín. De nuevo, Vicente se retiró disimuladamente para que abuelo y nieta hablaran con libertad. Tenían que compensar el tiempo que no podían disfrutar de su compañía.

Sin embargo, observó que de repente se quedaron callados. El abuelo señalaba con el bastón una hilera de bambúes que habían florecido. Lucían unas flores de color rosa intenso. Sin que el abuelo se diera cuenta, Anna le hizo un gesto a Vicente para que se acercara.

—Preparémonos, mis bambúes van a morir —dijo el abuelo George con cara triste.

—¿Por qué lo sabes? —le preguntó Anna.

—Es una premonición, y es algo que estaba esperando. Estos días no me moveré de casa por nada del mundo.

—¿Y eso?

—Tengo que ser testigo de su floración... Además, es un espectáculo que yo no tendré la oportunidad de volver a contemplar. Han sido muchos los años que han estado junto a mí, así que ahora que van a florecer, no puedo perderme el espectáculo.

—No te entiendo, abuelo.

—Estos árboles los trajo mi padre desde el norte de la India cuando yo era un niño. No medían más de veinte centímetros. Y todos aquellos otros que también salieron de aquel sitio en aquella época, estén ahora donde estén, en cualquier parte del mundo, así como los que se quedaron allí, todos florecerán al mismo tiempo, y será la única vez en su vida. Y después, caerán esas flores y todos morirán. Por eso digo que no volveré a

tener otra oportunidad como esta, tengo que acompañarlos. Mis bambúes se están despidiendo.

—¿Te ha sorprendido que llegue ahora ese día?

—Sí y no. Lo esperaba, pero no sabía cuándo iba a ocurrir. Todos sabemos que vamos a morir, pero no cuándo. Algún día tenía que suceder. Algunos llegan a vivir cien años. Como te he dicho, estos árboles los trajo mi padre. Cuando un día le dije que nunca los había visto florecer, me contó que este tipo de árboles florecen una sola vez en la vida, dondequiera que se encuentren, y que a los pocos días mueren. Voy a telefonear al tío Richard, en Estados Unidos, a ver si pasa lo mismo con los que tiene en el jardín, que fueron traídos del mismo sitio y a la vez que los nuestros. Les sucede algo parecido a los cisnes.

—¿Qué les ocurre?

—Que no cantan nunca, y solo lo hacen una vez, justo antes de morir.

—¿Pero eso que me cuentas de los cisnes es verdad o es una leyenda, abuelo?

—Dicen que es verdad, y si no lo es, no importa, nunca lo sabremos. Lo importante es que es una hermosa leyenda en la que muchos artistas han creído.

—Pues a mí me gusta que las historias se refieran a hechos reales, que sean algo que haya sucedido —le replicó Anna.

—No estoy de acuerdo, eso es lo de menos. Si te cuentan una leyenda que te encandila, que te conmueve, una novela maravillosa... ¿a ti qué más te da si sucedió o no? Lo importante es que aquello que te cuenten haya podido ocurrir, que sea verosímil, que sea una hermosa historia bien narrada. Que fuera o no realidad no tiene importancia.

—Yo no pienso así, una cosa es la realidad y otra la fantasía. A mí me gusta que las historias sean ciertas.

—Entérate de que todos los libros que has leído, lees y leerás, todos, son una maravillosa mentira. Aquello que soñamos tiene más sentido y está más completo que lo que de verdad ocurre. Lo que pasa en la vida, salvo excepciones, es demasiado pobre. Es mejor soñar que algo ha podido suceder; sin sueños no podríamos vivir.

—¡Pero, abuelo, no sabía que eras un hombre tan sabio! Pareces un filósofo.

—Lo que estáis haciendo vosotros en la India es como un sueño, con la diferencia de que se hace realidad. Pasarán los años y vosotros seréis una leyenda, leyenda de algo que fue verdad —dijo, y se emocionó.

—Abuelo, ahora veo que eres, además, un gran poeta. Esto me recuerda a lo que dice otro poeta hindú, Waman Kardak: «Un poeta puede ver lo que no puede ver el sol».

—Yo no soy sabio. Son los libros, querida Anna, los libros sabios, esa despensa donde se almacenan los sueños de la humanidad. Quien no lee, no sale de la aldea de su cerebro y será de por vida un cateto, un aldeanito de mirada corta. En mi biblioteca he podido dialogar con las mejores mentes de la historia y con ellas, cogido del brazo, he viajado por todos los rincones del mundo. Quien no lee, no sabe lo que se pierde.

—Estaba segura de que no me ibas a defraudar —dijo su nieta, y le dio un beso.

Siguieron paseando por el jardín, pero sin hablar. La presencia de los bambúes florecidos era una escena hermosa, aunque triste.

10

LOS SUEÑOS SE HACEN REALIDAD

Vicente y Anna decidieron trasladarse a Anantapur, a unos mil kilómetros al sur, acompañados de sus colaboradores, que eran cuatro. No quisieron continuar en Bombay porque Vicente era muy conocido, su trabajo había resultado polémico años atrás, y salió mucho en la prensa, así que consideraron que era mejor ejercer su labor en otro sitio, un lugar donde hubiera también mucha necesidad.

Las condiciones de vida en Anantapur eran durísimas, porque se trata de una zona desértica, muy árida, con veranos que queman, con campos que producen matojos y unas sequías asesinas que hacen imposible sembrar esperanzas.

Se alojaron en la única habitación de una casa donde no había aseo, ni cocina ni baño. Cuando entraron, en medio de la pared vacía encontraron pegado un cartel con una inscripción que decía: «Espera un milagro».

Aquella noche tuvieron que dormir en el suelo de barro. Y al día siguiente construyeron con cañas un baño detrás de la casa. Pero nadie era capaz de detener los cientos de arañas, cucarachas, escorpiones y chinches que se les aproximaban. Poco a poco se fueron organizando con lo mínimo, y así, lograron tener una mesa, una silla y una máquina de escribir. Y comenzaron a dar clases en chozas o bajo los árboles. Sin embargo, al poco tiempo, en la fachada de la casa se encontraron una pintada: «Fuera de aquí». ¿A quién podía molestar que se hiciera el bien?

Un día Anna preguntó a Vicente:

—Estos campos no producen nada. ¿Qué vamos a hacer?

—Construiremos pozos para sacar agua. Conozco a un zahorí que nos ayudará. No podemos dejar que nos invada la desesperanza.

—¿Pero con qué dinero, Vicente, con qué dinero? Educación, sanidad, alimentos, levantar casas. ¡Con qué dinero! El que trajimos de Inglaterra se acabará pronto. No basta con soñar, tenemos que ser realistas... Quizá podemos fundar una organización.

Cuando Vicente concebía un proyecto, nada lo tiraba para atrás, era capaz de allanar montañas, tenía la convicción de que todo se podía solucionar.

—No podemos dejar de confiar en nosotros. ¡Alimentos por trabajo! Nuestro compromiso con los más pobres derribará todos los obstáculos. Las migajas que sobran en otros sitios aquí se transformarán. Tenemos que pensar en muchos pocos, en muchas gotas que hagan un río. Pagaremos la mano de obra con los alimentos que nos van a enviar organizaciones benéficas americanas. Alimentos por trabajo. Primero nos comprometemos, luego veremos cómo sacamos el dinero necesario. ¡El dolor de esta gente no puede esperar! Hasta la fecha, todo lo que nos hemos propuesto ha salido adelante.

—Pero la labor que hay que hacer nos desborda.

—Nada es imposible, recurriremos a apadrinamientos.

—¿Cómo?

—Iré a España y daré las conferencias que sean necesarias para lograr que funcione un sistema de apadrinamiento. Intentaré que una persona se comprometa a una contribución mensual para apadrinar a un niño. Y ese dinero irá destinado a ese niño concreto y a mejorar las condiciones de su familia y su comarca. ¡Muchos pocos hacen un mucho! Tenemos que aprovecharnos de la contribución de las personas generosas.

Anna veía cómo le brillaban los ojos.

—Eso está bien, pero tenemos urgencia de ese dinero. Si el abuelo George…

Vicente y Anna se pusieron manos a la obra y formaron un equipo en el que participaron los primeros voluntarios. Él era el soñador, el que concebía grandes proyectos contra el hambre y la pobreza, el que pedía el sol, la luna y las estrellas sin tener recursos para ello. Anna, la que ponía la cuerda a la cometa para amarrar los sueños, la que daba forma a todo aquello para que funcionara, la organizadora realista.

Todo el día andaban con la misma preocupación: cómo hacer que los más pobres dejaran de ser pobres.

¡Necesitaban agua!, y con la idea de «alimentos por trabajo» llegaron a hacer hasta mil pozos en un año, y cada pozo regaba unos huertos que alimentaban a varias familias. Y el agua hacía crecer las flores.

Acudían a ellos viudas que tenían a su cargo varios hijos desnutridos, pero si moría la madre, ¿qué podían hacer con aquellos niños? Se repitieron los casos, con lo que hubo que levantar el primer orfanato. Llegaron niños completamente desnutridos, así que tuvieron que crear comedores. Llegaron leprosos pidiendo ayuda, y levantaron un centro para cuidarlos. Las necesidades eran infinitas, y los recursos, insuficientes.

Pero no todos veían con buenos ojos la labor que estaban haciendo. Ese trabajo con los más humildes ponía en peligro el sistema de castas, una barrera que mantenía la desigualdad entre personas desde hacía muchos siglos, y la diferencia de castas era algo que no se podía romper: uno nacía en una casta y pertenecía a ella hasta la muerte.

Vicente y Anna estaban llevando la dignidad a la casta de los parias, a los *dalits,* a los «intocables», que eran aquellos que estaban encadenados a la esclavitud, a realizar los trabajos marginales y a vivir apartados de los demás.

Por esta razón se levantaron infundios contra ellos, sufrieron numerosos registros en su casa, fueron acusados de ser agentes y espías, y hubo alguna manifestación pidiendo que se expulsara a los extranjeros.

Según el hinduismo, el mundo, desde sus orígenes, está dividido en castas, en clases sociales que se heredan y no se pueden cambiar.

En primer lugar están los brahmanes, guardianes de la religión y los únicos que pueden estudiar; luego están los pertenecientes a la segunda casta, los chatrias, que son los nobles o guerreros; los terceros son los *vaishyas,* que son comerciantes y agricultores; y al cuarto grupo pertenecen los *shudras,* pequeños comerciantes, artesanos y jornaleros. Se quedan fuera los *dalits* («los que han sido oprimidos»), los sin casta, los parias, los intocables, los que no pueden entrar en los templos ni recibir instrucción, los que se encargan de retirar los animales muertos, limpiar los baños, barrer las calles... de tal forma que no pueden sacar agua de los pozos ni entrar en las casas de las castas superiores. Ni siquiera se les permite tocar su sombra, por temor a ser contaminados y, si lo hacen, tienen que bañarse.

Los intocables vivían en las afueras, en chozas de barro, eran los malditos y los que trabajaban de sol a sol en las faenas más duras sin tener para comer y sufriendo una pobreza extrema. No tenían esperanza de un

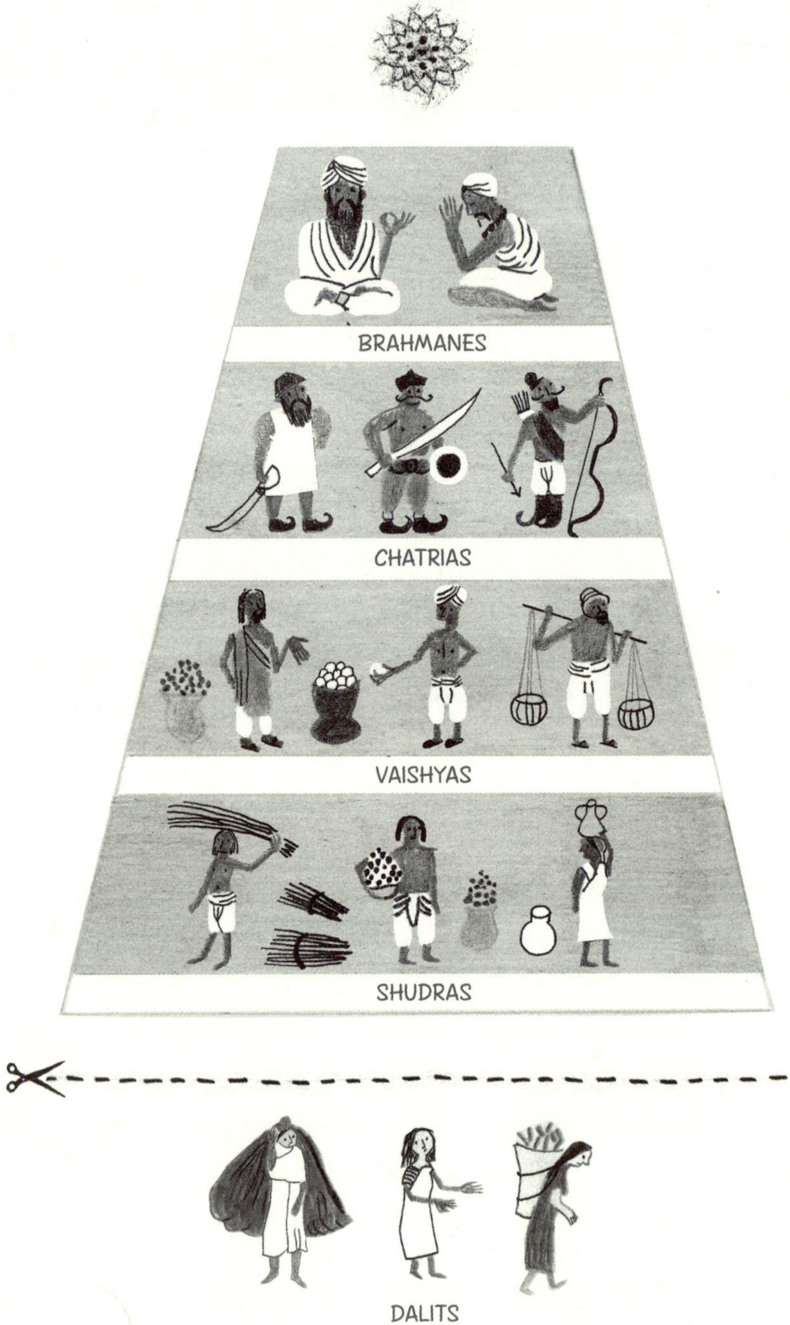
BRAHMANES
CHATRIAS
VAISHYAS
SHUDRAS
DALITS

mañana, mañana quedaba muy lejos, lo importante era poder comer ese mismo día.

Y estos, los *dalits*, fueron los predilectos de Vicente y Anna, a los que dieron y descubrieron la dignidad de ser y sentirse personas libres, a los que proporcionaron alimento para el cuerpo y educación para el espíritu.

Un nuevo gobernador del distrito llegó con aquellos prejuicios y se empeñó en echarlos de Anantapur. Removió cielo y tierra para justificar su expulsión, y les puso todas las trabas que pudo para concederles algunos permisos. Se los acusaba de estafa, de conspiración criminal, de ser espías, de quebrantar las leyes... Se les impedía moverse libremente. Hacían registros en su casa por las noches, y varias veces fueron detenidos por motivos arbitrarios. Pero entonces surgió otra fuerza, la de la gente de las aldeas, una fuerza que los llevó a la calle para manifestarse en defensa de su labor y exigiendo su permanencia en el país.

Las esperanzas se iban haciendo realidad, y finalmente triunfó la bondad sobre la mentira.

11

El general vuelve a la India

El viejo soldado vendió otro castillo, y de la India llegaban cartas cargadas de fotos que hablaban de casas que se levantaban con bloques amasados con sonrisas entre pozos de agua y campos, entre huertos, en medio de regadíos, donde los búfalos… Vendió más y más hasta quedarse sin la última finca. Una pequeña casa en el campo fue su última posesión. Y el abuelo George decía que con eso le sobraba. Eso sí, no se deshizo de su biblioteca. «Si lo hago, vendo mis sueños. Y eso, ni hablar», pensaba.

Habían pasado otros cinco años más, y el baniano resplandecía con sus hojitas de plástico, mientras sus ramas se iban clavando en el suelo.

En la última carta que le llegó al abuelo George, Anna le enviaba unos billetes de avión para él y Safir, para que asistieran a la inauguración de las últimas obras. También le indicaba que Safir tenía que venir una semana antes por... una razón secreta que no podía desvelar.

No me puedes decir que no, tenéis que venir para el día de la inauguración. Eso sí, abuelo, deberás bajar del avión trajeado con el uniforme de gala y con todas las condecoraciones sobre tu pecho. Los recuerdos que dejaste aquí te están esperando.

Sir George no podía decir que no porque ya no mandaba en nada ni en nadie. Safir ordenaba lo que había que hacer en la casa, y su nieta le robaba los castillos y le decía que tenía que volver a la India. «¿Dónde está mi autoridad? Estos tiempos ya no son como aquellos en los que yo era general, cuando yo…».

El fiel mayordomo limpió una y otra vez todas las medallas de las condecoraciones hasta dejarlas brillantes, en especial la medalla de honor otorgada por el Gobierno de la India. Y las fue enhebrando en la pechera de la chaqueta militar. En pocos días, preparó varios baúles y dispuso hasta el último detalle.

Lord George estaba ilusionado con volver a ver aquellas tierras en las que había vivido y tenido tantas experiencias, y de las que hacía tiempo que se había alejado. «¿Habrá cambiado mucho todo aquello?», se preguntaba mientras recordaba viejas historias.

La primera ministra de la India, Indira Gandhi, se había carteado con Vicente cuando ocurrieron los conflictos de Bombay y estaba al tanto de la obra que estaba desarrollando. Bastó un telefonazo de Anna a uno de sus secretarios para que la primera ministra diera la orden de que el viejo general fuera recibido con los máximos honores.

Se abrió la puerta del avión y George se quedó de pie en lo alto de la escalerilla. Delante de él apareció un escuadrón de soldados en formación. Fue bajando despacio. Nada más tocar tierra, le colgaron al cuello la guirnalda de bienvenida, lanzaron flores sobre su frente y fue saludado por las autoridades locales. Hubo taconazos, saludos y una salva de fusiles en su honor. Subió a una pequeña peana y un batallón de cipayos de la antigua Compañía Británica de las Indias Orientales desfiló delante de él.

El gobernador le hizo colocarse a su derecha, y ya iba a comenzar el desfile ante la tropa que le rendía honores cuando, al otro lado de la explanada, se oyó el largo barritar de un elefante. Este, bellamente engalanado, venía a toda velocidad haciendo sonar su collera llena de campanillas. Lo dirigía un elegante jinete vestido como un príncipe oriental que, de pie sobre el lomo del animal, dejaba ondear al viento dos largas banderas, la de Inglaterra y la de la India.

El elefante llegó ante el visitante y le ofreció su trompa hasta rozarle la nariz. George sintió una gran emoción al ver que Rayán, el animal que habían dejado en la India hacía tantos años, lo reconocía y saludaba.

—Hoy haremos un viaje juntos, amigo Rayán —le dijo en bengalí.

Safir le dio la orden oportuna, y el elefante bajó la pata izquierda para que montara. Después, lo elevó hasta su lomo, donde Safir agarró con fuerza a George, que, emocionado, estuvo a punto de caer.

—Ánimo, *sir,* como en los buenos tiempos en los que montábamos. Recuerde que soy buen conductor de elefantes.

—Es verdad, pero no me mates delante de las autoridades, hazlo cuando estemos solos en la selva.

A continuación, comenzó el desfile marcial. Empezaron a caminar pasando revista a la tropa. ¡Como en los viejos tiempos! Los militares indios se colocaron a la izquierda del elefante, que marcaba el paso al ritmo de la música. Al llegar a la mitad, frente a la bandera, Rayán se giró. Entonces, George se irguió sobre el lomo del animal, se cuadró y saludó a la bandera de la India. ¡Como tantas veces hicieron antes! Al llegar al otro lado de la plaza, el elefante dio la vuelta y se quedó quieto. Sonaron de nuevo las salvas de fusil reglamentarias y, para terminar, retumbaron las cargas de cañón.

Safir, con suma maestría, hizo levantar a Rayán una pata, y luego la otra, y se quedó completamente tieso, con el viejo general en lo más alto, agarrado con la mano izquierda a una gruesa collera. Así se mantuvo, cuadrado con la mano en saludo militar. Todos aplaudieron, y Rayán movía sus grandes orejas.

Antes de bajarse, Safir dio una pequeña vuelta por la explanada.

—¡Qué bien me sienta el balanceo sobre Rayán! Me tenía que haber quedado a vivir aquí para dar todos los días un paseo como este.

—Tenemos todo el tiempo que queramos. Un día iremos a dar una batida por la jungla.

—Como entonces —musitó en voz baja el anciano.

12

Un oasis en la India

Un helicóptero lo trasladó hasta la zona donde trabajaban Anna y Vicente, unos campos áridos y desérticos en la zona de Anantapur, donde llueve muy poco y la tierra solo produce matojos llenos de espinas. Antes de tomar tierra, el piloto tenía orden de sobrevolar las nuevas obras y señalar lo que se veía:

—Aquello, señor, son los tres hospitales y una maternidad; al lado, dos colegios, uno para ciegos y otro para sordos; eso que se divisa arriba es el gran pantano, y pegada a él está la planta potabilizadora. En el centro, todas esas casas forman el nuevo pueblo, levantado por sus mismos pobladores. A la derecha se ven el ganado y las plantaciones de árboles. En la parte baja, los depósitos de aguas residuales.

Cuando aterrizaron cerca de la plaza, *sir* George vio que había un gentío inmenso, perfectamente ordenado. A los pies de la escalerilla lo recibieron Anna y Vicente. Todo fueron abrazos. Dos niñas le pusieron las guirnaldas de bienvenida, y el presidente de la comunidad le pintó en rojo un *bindi* en medio de la frente. Las niñas lo cogieron una de cada mano y lo llevaron a un estrado, donde le hicieron sentarse en el sillón de honor. Un grupo escolar bailó para él la danza de bienvenida.

Todo ello rodeado de guirnaldas, sonrisas, danzas, color y fiesta.

Durante una semana, el viejo general estuvo recorriendo la fundación, todas sus dependencias, hablando con la gente, recogiendo sus sonrisas, oyendo el canto de los pájaros…

Hasta que llegó el día de la inauguración.

Hubo discursos, se derramó agua de coco en el suelo, se quemó incienso, tiraron confeti y, finalmente, le tocó hablar a *sir* George. Delante, a un lado, estaban Vicente y Anna. Su nieta lo miraba embelesada.

Le costó empezar, tuvo que respirar a fondo:

—Muchas gracias por haberme dado la oportunidad de ser feliz, por haberme abierto los ojos a pesar de mis años, ya poblados de canas. Yo no tengo ningún mérito, os he dado lo que me entregaron mis padres. Lo que hice fue vender unas piedras heredadas que a mí no me habían costado nada, y vosotros me devolvéis vida y sonrisas. Más admirable es aquel que renuncia a lo poco que tiene para darlo, quien prescinde de lo que él necesita, como han hecho Safir, mi asistente, y miles más, para entregárselo a quien no tiene nada. Vosotros sois los generosos. Soy inmensamente feliz de ver que habéis seguido la luz de dos soñadores y que entre todos habéis hecho realidad ese sueño. ¡Los sueños! Gracias, muchas gracias, Anna, por no haberme hecho caso. Gracias por haber seguido tu estrella... Yo te quería ver casada con un príncipe... Y lo has conseguido, te has llevado al mejor príncipe del mundo! ¡Qué pobres son los que no saben soñar! Cuando veo todo lo que habéis hecho, lo que de verdad siento es pena por no haber tenido más castillos... —exclamó, levantando la voz al tiempo que miraba a Vicente y Anna.

Un aplauso cerrado cortó el discurso, la multitud agitaba los brazos.

—Pero las cosas no se consiguen solo con dinero, sino con el compromiso de unas personas como vosotras, ese es vuestro tesoro: habéis apostado por los más necesitados. Vicente, tú que has resuelto los problemas siempre con cariño, lee, por favor, el informe de lo que habéis conseguido durante estos años de ilusión, miedo, zozobra, pasión, trabajo y mucha fe.

Vicente se adelantó unos pasos, se colocó junto a *sir* George y comenzó a hablar:

—Cuando una gota de agua cae sola, se evapora y se desperdicia. Cuando son varias, pueden llenar un vaso. Cuando son miles de gotas las que se juntan, forman un chorro de agua, y muchos chorros logran hacer un pantano. Sumando miles de ilusiones lo hemos logrado entre todos. No hace falta que lea el informe que tengo escrito, lo conocéis. No es necesario que enumeremos los miles de pozos que hemos excavado a mano para robar agua a las entrañas de la tierra; los pantanos construidos para que no se nos escape la fuente que nos da vida; las casas que hemos hecho para vivir con la dignidad de los seres humanos; los hospitales levantados donde mitigar el dolor; los millones de árboles frutales que hemos plantado para endulzarnos la vida, los colegios, escuelas, bibliotecas... Lo más importante es que hemos podido ver renacer millones de sonrisas, hemos sembrado esperanza en quienes no la tenían, hemos cambiado la mentalidad de mucha gente que no creía necesario llevar a la escuela a sus hijos hasta que han comprobado que es la mejor inversión de futuro. ¡Demos cultura y salvaremos el mundo!

Hemos conseguido entre todos que miles de mujeres hayan descubierto su dignidad y hayan creído en su derecho a estudiar. Y aunque es mucho lo que nos queda, seguimos teniendo la esperanza de que con la ayuda de tanta gente generosa, de todos vosotros, lo podremos hacer. Los pobres no deben ser pobres para siempre. Es un pequeño paso el que hemos dado, pero es un paso de gigante para la historia. Ojalá que todas las tardes, sobre el hermoso cielo de Anantapur, podamos ver el camino de la esperanza. Siga, por favor, *sir* George.

El anciano retomó la palabra:

—Perdonad por lo egoístas que somos. Si todos hiciéramos lo mismo, algún día veríamos en otros lugares del mundo cundir el ejemplo de este oasis en la India donde la paz y la dignidad han tomado asiento. Al entrar en los campos de la fundación, lo primero que me chocó fue que aquí no hay ruido; hay paz, todo está limpio, los pájaros nos saludan desde los árboles, por eso pienso que algún día…

El viejo general sintió que se le nublaba la vista. Comenzó a tambalearse, parecía que le daba un mareo y ya se iba a desplomar cuando Safir, que estaba a su lado, lo cogió en sus brazos, lo sentó en el suelo y lo acostó, con cuidado, en su regazo.

—Mi general, no se me muera así como así, que nunca se vio que un soldado como usted muriera tontamente en la cama, sino en un campo de batalla. Recuerde que tenemos que dar una batida por la jungla, donde tal vez apresemos a aquel tigre que nos comía las cabras. Mátese un día cayendo del elefante, pero no se me muera aquí, de esta manera tan tonta.

Trajeron una camilla y entre cuatro hombres lo llevaron a su casa.

La habitación estaba a oscuras. Vicente manejaba un gran abanico y Anna le pasaba por el rostro un trapito de algodón humedecido en agua fresca. Lord George se despertó y se quedó desconcertado al verse en la cama.

—¿Qué ha pasado? ¿Por qué estoy aquí? —preguntó con los ojos y con una voz muy débil a Vicente y Anna, que estaban a su lado. Safir corrió la cortina para que entrara un poco de luz.

—Descansa, abuelo —le susurró su nieta—, que entre el viaje, la inauguración y los homenajes son demasiadas emociones y has sufrido un desfallecimiento.

Lord George se sentía muy débil, pero dos días de completo reposo fueron suficientes para recuperar las fuerzas.

—Safir, llévame a dar una vuelta, aunque en esta ocasión usaré tu hombro como bastón. Vamos, que quiero seguir viendo lo que han hecho estos locos.

Mientras paseaban, las personas con las que se encontraban los saludaban cruzando las manos en el pecho y haciendo una inclinación de cabeza.

Poco a poco fueron recorriendo las calles. A los lados se veían pequeñas casitas unifamiliares, primorosamente limpias, pintadas todas de blanco, con las puertas y ventanas azules, con sus calentadores solares para el agua sobre el tejado. Las mujeres barrían las calles

con grandes escobones y los niños, en cuanto se percataban de su presencia, venían a tocarle la mano. Todo eran sonrisas, y todos querían regalarle algo.

Caminaron por una avenida bajo los flamboyanes, los árboles de fuego.

—¿Qué está haciendo? —preguntó el anciano a una señora que estaba dando vueltas con un palo a un pequeño pozo junto a una casita.

—*Sir,* aquí meto veinte kilos de estiércol de vaca, a los que añado un cubo de agua. Después tapo el agujero, y la fermentación del estiércol despide metano, que por esa goma va a la cocina. Ya no necesitamos ir lejos durante horas a cortar leña para alimentar el fuego. ¡Ganamos en salud y ya no cortamos árboles! ¡Un milagro, *sir*!

—¿Y tienes suficientes vacas?

—Compré una a *sister* Anna y le fui devolviendo el dinero vendiendo un litro de leche diario. Luego compré otra, que pagué vendiendo tres litros todos los días. Cuando compré la tercera y la cuarta, todos los días vendía más de ocho litros. Así pagué pronto todas las vacas y ahora soy dueña de siete, que me dan leche para vender y estiércol para la cocina. El marido las lleva a pastar y yo arreglo la casa y la huerta.

—¿Y quién ha inventado todo eso?

—*Father* Vicente y *sister* Anna, nuestros padres en la Tierra. Ellos nos han dado dignidad y esperanza.

Se le acercaron un niño y una niña:

—De parte de mi mamá —dijo el niño, y le dio un cestito donde había un pastel y una flor—. Eso de mi mamá, pero yo le regalo esta cajita con gusanos de seda para que con sus hilos se haga una camisa. Están muy gordos, los alimento con las hojas de la morera que tenemos en casa.

—Me tendrás que traer tú esas hojas y decirme cómo se las tengo que dar, que de esto no entiendo. ¿Me enseñarás?

—Tome, es el pájaro de la felicidad. Mi padre lo ha cazado para usted —le ofreció la niña. Era un pájaro completamente blanco y tenía un largo penacho azul que le caía desde la cabeza hasta la cola—. Me ha dicho mi papá que lo guarde en su habitación y que le dé de comer pepitas de calabaza. Es muy útil porque se come las moscas y mosquitos.

Eran muchas las emociones. *Sir* George contempló la mirada angelical de los dos niños y, de repente, sintió que le fallaban las fuerzas, que no podía respirar. Safir lo sentó a la sombra de un árbol y, al ver que flaqueaban sus fuerzas, colocó la cabeza del anciano entre sus brazos.

—Vete a avisar a Anna y Vicente, diles que *sir* George está muy débil, que llamen a un médico —pidió al niño.

—No hace falta, Safir, mi fiel amigo. ¿Es que no ves lo que está pasando?

—¿Qué?

—Al viejo bambú le ha llegado el momento de florecer. Todo esto que nos rodea son las flores, sus últimas flores. Ya solo me queda el canto del cisne.

Safir le cerró los ojos y lo dejó sentado, apoyado en sus brazos.

Cuando lo vio el médico, le prohibió hacer cualquier ejercicio y lo obligó a guardar cama. Fuera de la habitación se habían ido concentrando decenas de personas que venían a preguntar cómo se encontraba el anciano hombre blanco. Cantaban viejas canciones y encendían velas y palitos de incienso.

De nuevo *sir* George abrió los ojos y quiso levantarse de la cama.

—Abuelo, no te preocupes, no ha sido nada. El médico dice que tienes el corazón un poco débil y que no es bueno que estés expuesto a tantas emociones fuertes... También desaconseja que vuelvas a viajar en avión. No sé cómo vas a volver a Inglaterra, porque recuerda que en barco te mareas.

—No es bueno que este viejo bambú cambie de sitio... y más si ya ha florecido. Está bien, si no puedo viajar, aquí me quedo.

—¿Seguro? —preguntó Anna, que no acababa de creérselo.

—Sí, me quedo. Aquí estáis las personas que más quiero. Escribe ahora mismo a mi abogado para que venda la casa, con su jardín. Y dile que envíe de inmediato el dinero.

Ah, y que la biblioteca no la venda, que la mande en un barco. La colocaremos en una casita, una casita que me gustaría que se llamara...

—¿Cómo? —le preguntó Vicente, intrigado.

—No sé. Safir, ¿qué nombre le pondrías a la casa de la biblioteca?

—*La casa de la palabra,* que así llaman al lugar donde hablan los ancianos del pueblo. Si en esa habitación metemos los libros de nuestros antepasados, ¿qué mejor nombre? En los libros se recoge la palabra de nuestro pueblo.

—Con ese sentido común que tienes, te tenían que nombrar presidente de la India.

—¿Y qué vas a hacer con todo ese dinero? —le preguntó Anna.

—Eso es un secreto que solo conocemos Rayán y yo, aunque creo que te lo puedes imaginar... Y antes de que se me olvide, que envíen, junto con los libros de la biblioteca, a Kalí, mi tigre, que ya está viejo y no le va bien el clima inglés. En cuanto llegue aquí, seguro que se sentirá más joven.

Al poco tiempo llegaron los libros y Kalí, metido en su jaula. Los libros fueron colocados en *La casa de la palabra. Sir* George, ya recuperado, iba con frecuencia a la biblioteca. Allí daba un caramelo al niño que hubiera terminado de leer un libro.

Los niños sentían admiración y terror, a partes iguales, al ver a aquel hombre tan alto pasearse por la fundación acompañado de un enorme tigre de Bengala adornado con un collar de guirnaldas.

Al cabo del tiempo, en medio de la plaza, debajo de un flamboyán, levantaron un sencillo monumento, un obelisco, en homenaje a *sir* George. Poco a poco comenzaron a venir gentes de los alrededores; acudían personas de todas las edades, de todas las religiones, de todas las creencias, de todos los niveles sociales. Empezaron a contarse por cientos. Venían a ofrecer flores y frutos al hermano. La gente llegaba, colocaba una varita de incienso humeante, rociaba el líquido de un coco y depositaba pétalos de flores. Otros ofrecían fruta como ofrenda. En la arena de la plaza que rodeaba el monumento hicieron decenas de círculos coloristas con mandalas[12] de la felicidad.

Cada vez acudían más y más personas. Constantemente ofrecían al monumento sándalo e incienso, que aromatizaban el ambiente. Alrededor del templete llegó a formarse una gruesa capa de pétalos. Por las tardes, Safir llevaba a Rayán junto al monumento. De un canal de agua cercano, el elefante la recogía y rociaba las flores con su trompa para mantenerlas frescas.

Todos los domingos, a las doce en punto, era la gran fiesta. Safir sentaba bajo el árbol, delante del obelisco, al anciano general vestido de gala con las condecoraciones en el pecho. Entonces, sonaba una trompeta, golpeaban el gong gigante y Safir comenzaba a desfilar delante del anciano, mientras daba llamativos taconazos. Al terminar, se quedaba durante quince minutos en posición

---

[12] **Mandalas:** dibujos geométricos que se hacen como ofrenda a un maestro solicitando una enseñanza. Símbolos de agradecimiento.

de firme presentando el sable. Luego montaba en Rayán y daba siete vueltas alrededor del monumento. Eran las siete vueltas de la buena suerte. Por último, Safir hacía que el elefante se irguiera con las patas delanteras hacia arriba, momento en que aprovechaba para lanzar un toque solitario de trompeta que hacía que todo el mundo se quedara en silencio.

No faltaron las diarias ofrendas de incienso, sándalo, líquido de coco, fruta y pétalos de rosa en el monolito a aquel hombre que había vendido sus castillos.

Pasaron los años, y aunque el viejo general había muerto, Vicente y Anna siguieron recogiendo el fruto multiplicado de tanto esfuerzo. Pensaron que había merecido la pena apostar por un futuro con esperanza.

Al ocaso de un atardecer de verano, después de un día abrasador, mientras paseaban con sus tres hijos por la fundación, Vicente se paró y dijo:

—Oye, Anna, he visto a unos enfermos en la carretera, y pienso que si levantamos un nuevo hospital podríamos...

—Vicente, ¿es que no puedes parar de soñar?

—Mientras haya un necesitado al que socorrer, no podemos dejar de pensar que es posible, que siempre hay un mañana. Las flores se agostan con el sol, pero renacen con el frescor de la noche. No nos podemos conformar con lo que hemos hecho, tenemos que seguir soñando, y no debemos lamentarnos porque, como dice el poeta Tagore: «Si lloras por haber perdido el sol, las lágrimas no te dejarán ver las estrellas».

Siguieron paseando y, en aquel momento, en medio del cielo anaranjado de Anantapur, vieron que estaba apareciendo una gran estrella.

Índice

Últimos títulos publicados

Serie verde

79. *La sombra del membrillero.* **Mónica Rodriguez**
80. *Saltando vallas.* **Pere J. Carbó Pérez**
81. *Diente de león.* **Mónica Rodriguez**
82. *Tormenta de verano.* **Fernando Alcalá Suárez**
83. *Incitato, el caballo del cónsul.* **Kate Thompson**
84. *Nicóstrato.* **Éric Boisset**
85. *La caja de los tesoros.* **Rosa Huertas**
86. *Por las praderas del cielo.* **Pablo Zapata Lerga**
87. *Las venas de la montaña negra.* **Alfredo Gómez Cerdá**
88. *El año de los secreto.* **Laura Santullo**
89. *Un chico diferente.* **Ricardo Gómez**
90. *El hombre que abrazaba a los árboles.* **Ignacio Sanz**
91. *Nada o qué tienen en común un mago y un aprendiz de cartero.* **Cía Abascal**
92. *Tres días en el vientre de la ballena.* **Patxi Zubizarreta**
93. *El tren de Vilso.* **Mónica Rodríguez**
94. *El guardián de las pesadillas.* **Álvaro Yarritu**
95. *¿De vacaciones en Madrid?* **Marinella Terzi**
96. *Noa, la joven fantasma.* **Joan Manuel Gisbert**
97. *Fango.* **Gonzalo Moure**
98. *El doctor Néctor y el misterio en el Museo Romano.* **Luisa Villar Liébana**
99. *Los niños cantores.* **Elena Alonso Frayle**

Por las praderas del cielo

Pablo Zapata Lerga

Ilustraciones

Teresa Novoa

ALA DELTA, SERIE VERDE N.º 86. 160 págs.

El joven Dalai Lama está amenazado de muerte por un invasor que quiere conquistar el Tibet. Lin Chu, su inseparable amigo, se jugará la vida de nuevo en una emocionante aventura en la que, junto a sus cinco primos, y acompañado de *Yoho,* un veloz caballo, recorrerán las tierras inhóspitas y salvajes de su país en un intento desesperado por evitar la muerte del Jefe Supremo del Tibet.